FFAGOTS I SWPER
A RHAGOR O HELYNTION
TOMOS A MARGED

FFAGOTS I SWPER
A
RHAGOR O HELYNTION

TOMOS A MARGED

GAN W. J. GRUFFYDD

Darluniau gan Tegwyn Jones

Gwasg Cambria

Argraffiad cyntaf: Rhagfyr 1992
Hawlfraint, Gwasg Cambria © 1992

ISBN 0 900439 65 3

Dymuna'r cyhoeddwyr gydnabod cymorth
Adran Olygyddol y Cyngor Llyfrau Cymraeg.

Cysodwyd ac argraffwyd gan Argraffwyr Cambrian,
18-22 Queen Street, Aberystwyth,
Dyfed SY23 1PX

Cyhoeddwyd gan Wasg Cambria, Aberystwyth

Gyda diolch i
CARADOG EVANS ac ELERI HOPCYN,
cyflwynydd a chynhyrchydd y gyfres radio
Tomos a Marged.

Gan mai storïau yn deillio o'r cof yw helbulon Tomos a Marged nid
ydynt yn dilyn unrhyw drefn amseryddol.

CYNNWYS

RHAGAIR

Des i adnabod *Tomos a Marged* am y tro cyntaf fel dysgwr. Roeddwn wedi dechrau ar y daith i ddysgu Cymraeg heb gyrraedd safon i'w siarad yn rhugl.

Fe ges i gyngor gwych gan Mr Gerald Morgan, cyn Brifathro Ysgol Penweddig (sydd wedi dysgu'r iaith ei hun), i ddarllen cymaint â allwn er mwyn magu hyder a gwella fy ngeirfa.

Fe gefais fenthyg *Tomos a Marged* i ddechrau ar y gwaith. Darllenais, deallais a mwynheuais. O'n i ar y ffordd! Yna, ymunais â Grwp Trafod Llanafan o dan ofal y diweddar Barch. D. R. Pritchard, a bu hynny, a chymorth ffrindiau da yr ardal yn help mawr i mi ddeall a siarad Cymraeg.

Rwy'n dal i fwynhau *Tomos a Marged*. Mae'r cymeriadau yn real a naturiol. Mae W. J. yn dangos natur dyn ar ei orau ac ar ei waetha', a hynny mewn ffordd hyfryd.

Rwy'n ddiolchgar iawn i W. J. a *Tomos a Marged* am fod yn gymaint o gymorth i mi groesi'r bont rhwng dysgu'r iaith a'i siarad yn rhugl. Rwy'n siŵr y bydd pawb fydd yn darllen y gyfrol hon o *Tomos a Marged* yn cael yr un blas ag a gefais i o ddarllen y cyfrolau eraill. Mawr obeithio y bydd sawl cyfrol eto yn dilyn!

Cynthia Edwards
Trawscoed.

FFAGOTS I SWPER

Mae'r Testament Newydd yn dweud bod amryw ddoniau. Leisa Gors Fawr yw'r wraig gyntaf i gyfaddef na chafodd hi'r ddawn i wneud sbynj, neu jam sangwej. Er iddi fod yn ofalus o'r cynhwysion, sef pedair owns o flawd codi, pedair owns o farjarîn, pedair owns o shwgwr, dau wy, pinsied o halen, a'u cymysgu yn wallgof â llwy bren nes ei bod yn chwys diferu, rhyw ddwy hanner sbynj wedi 'difaru dod i'r byd a ddaw allan o'r ffwrn. Unwaith yn ei thymer wyllt, wrth baratoi ar gyfer fisitors, mentrodd roi pedwar wy yn lle dau. Fe gododd yn ardderchog, nid oedd eisiau gwell, ond fe aeth yn fflat fel pe bai mynydd yn suddo i'r gors, a hynny o flaen ei llygaid. Nid rhyfedd felly i Tomos Nant Gors Ddu ateb fel y gwnaeth e, pan ofynnwyd iddo sut bregeth a gafwyd rhyw fore Sul gan y Parch. Gomer Jones B.A. B.D. D.Litt. "Wel wir," meddai Tomos, "fe ddech-

11

reuodd yn dda, ond wedyn pwff, ac fe a'th mor fflat â sbynj Leisa Gors Fowr."

Ond mae'n debyg i Leisa lwyddo unwaith i greu y sbynj berffaith, mor berffaith nes iddi ohirio ei thorri hyd nes y deuai Jones y Gweinidog am dro. Fe gafodd Jones y ffliw ac aeth mis heibio cyn iddo alw. Daeth Leisa â'r sbynj i'r bwrdd ond wrth iddi ei thorri suddodd y gyllell i dwll fel twll llygoden, a hwnnw yn llawn o lwydni blewog. Fe'i taflwyd wedyn dros glawdd yr ardd ac ni fynnai hyd yn oed yr ast wneud dim â hi. Ei diwedd fu i ddwy bioden sy'n bwyta popeth ddod heibio i wledda arni. Ni chafodd Leisa'r ddawn i wneud sbynj lwyddiannus.

Dyna i chi wraig y sgwlyn wedyn. Mae ganddi ddawn i goginio pob math o fwydydd ond un peth, a Yorkshire Pwdin yw hwnnw. Y trwbwl yw fod ei gŵr yn dwli arno. Mae'n mynd i Abertawe i weld ambell gêm o rygbi ar ddydd Sadwrn, ac yn gofalu mynd yn gynnar er mwyn cael cinio yn y 'Carferi' lle mae pawb yn helpu eu hunain o'r pentwr bwyd. Dyna lle bydd e yn mynd â'i blât rownd — cig eidion, tatws, dau neu dri fej, ac ar ben y cyfan rhyw hanner dwsin o Yorkshire Pwdin, ie hanner dwsin. Neb yn dweud dim gair wrtho, dim ond ambell gwsmer yn gwenu neu yn gwgu wrth weld ei drachwant, a thrachwant yw e.

Mae'i wraig e y fenyw ffeina' yn y byd. Gall wneud pob math o bwdins — Cystard Fflan; Sharlot Afal; Casrôl Ffrwythe; Pwdin Upside Down, ond dim clem sut i wneud Yorkshire Pwdin, er nad yw hwnnw yn ddim ond pedair owns o fflŵr, un wy, hanner peint o la'th, pinsied o halen, owns o lard, a gwynt i hw'thu fe lan. Does dim rhyfedd fod gwraig y sgwlyn mor ddiflas wrth wneud cinio dydd Sul a hithau'n gwybod bod yr eitem bwysig y mae ei gŵr yn dwli arno yn absennol oherwydd na fedr hi wneud Yorkshire Pwdin.

Ond fe gafodd Sara Gors Ganol un dalent, sef y dalent i wneud ffagots, ac fe ddefnyddiodd hi y dalent honno i'r eithaf. Fe ŵyr pob gwraig sy'n werth ei halen coginio nad yw ffagots yn ddim ond cymysgwch o friwsion bara, winwns, afu, teim, saets, basil a nytmeg, a'r cyfan wedi eu gwneud yn beli bwytadwy. Gall unrhyw un sydd â synnwyr yn ei ben a'i dafod wybod y gwahaniaeth rhwng ffagots a risols. Mae'n wir fod rhagor rhwng ffagots a ffagots mewn gogoniant ond y mae'r sawl sydd wedi eu profi yn tystio bod ffagots Sara Gors Ganol allan o'r byd hwn, ac na fedr hyd yn oed y gwestai pum seren ddim cystadlu â nhw. Mae'r arogl a'r blas yn wahanol, y peth hwnnw sy'n gwneud i gogydd o Ffrancwr gusanu blaenau ei fysedd.

Pe baech yn gofyn i Sara am y gyfrinach yr ateb a gaech fyddai:

"Ma' 'na ddeilen yn tyfu ar y graig ar bwys yr hen fagwr fyny fry ar y mynydd."

"Be' 'di enw'r ddeilen, Sara?"

"Deilen Mam-gu fydda' i yn 'i galw hi. Mam-gu ffind-iodd hi flynydde mowr yn ôl."

Nid yw Sarah'n fodlon datgelu pa fynydd, ac mae degau o fagwyrydd fyny fry ar yr ucheldir. Un arall o'r cyfrin-achau prin sy'n mynd i'r bedd gyda'i pherchen, a dyna ddiw-edd ar y ffagots perffaith eu blas am byth.

Wedi te, ryw brynhawn o Dachwedd, yn ystod y tymor lladd moch, safai Marged Nant Gors Ddu wrth dalcen y beudy pan ddaeth aroglau ffagots i'w ffroenau. Gallai ddweud o brofiad o ble y deuai'r arogleuon hyfryd — nid o Gors Fawr, nid o Gors Fach, ond o Gors Ganol. Sicrhaodd Marged hi ei hun y byddai Sara yn dod draw wedi iddi nosi â'r ffest flynyddol o ffagots twym, cyfareddol eu blas, iddi hi a Tomos, a brysiodd i'r tŷ i frwsio'r llawr a gwneud tanllwyth o dân cyn ei dyfodiad.

Ar ôl iddi dywyllu, cyrhaeddodd Sara. Yr oedd y moeth-au ganddi mewn bag papur. Nid oedd ganddi amser i aros. Gosododd y ffagots ar y bwrdd.

"Wedi dod â whech ffagotsen i chi. Newydd ddod mas o'r ffwrn ma' nhw. B'ytwch nhw cyn iddyn nhw oeri."

13

Diolchodd Marged iddi. Llyfodd Tomos ei weflau yn drachwantus. Ac i ffwrdd â Sara, a Marged yn ei hebrwng i lidiart y lôn. Yr oedd y lleuad lawn yn codi dros y banc, a'r nos yn goleuo erbyn hyn. Dychwelodd Marged i'r tŷ.

"Fe gewn ni'n dou ffest heno," meddai, wrth roi'r tegell ar y tân.

Bu gwledd o ffagots a the a bara menyn cartre yn Nant Gors Ddu y noson honno. Dangosodd Tomos yn eglur nad oedd ganddo lywodraeth ar ei ewyllys na'i gylla. Byddai dwy o'r ffagots yn ddigon i ddyn cyffredin cyn mynd i'r gwely ond bu'n rhaid iddo fe gael tair ar ei blât ac ni fu'n hir cyn eu bwyta'n awchus. Ar Marged oedd y bai am ei gymell:

"Ma' un ffagotsen ar ôl. B'yta hi tra bydd hi'n dwym. Fydd hi ddim gwerth ar ôl iddi oeri."

Pecialodd Tomos:

"'Gore, os wyt ti'n gweud. Ma'n biti iddi fynd yn ofer."

Ac felly y bu. Cliriwyd y chwe ffagotsen yn lân.

Ar ôl mynd i'r gwely bu Tomos yn troi a throsi fel ceiliog yn ymysgwyd mewn cafn o bridd ar brynhawn gwresog o haf.

"Rwyt ti'n aflonydd ac yn mynd â'r dillad i gyd," cwynodd Marged rhwng cwsg ac effro, gan afael yn dynn yn y garthen a'i thynnu tuag ati.

Ni chlywodd Tomos. Erbyn hyn yr oedd yn nofio yn y cymylau rhwng nefoedd a daear. Gwelai'r sêr a'r planedau yn hofran tuag ato, a phlygodd ei ben mewn pryd cyn iddo daro ei dalcen yn erbyn y lleuad.

Yn sydyn daeth allan o'r tywyllwch, a gallai weld bryncyn bychan o'i flaen. Nofiodd Tomos drwy'r gwagle, a chafodd deimlo'i draed ar dir cadarn. Eisteddodd i gael ei wynt ato a mwynhau'r golygfeydd. Disgleiriai'r haul ar y tir gwyrdd ("lle da i gadw defed," meddyliodd ag ef ei hun). Chwythai awel dyner dros y wlad. Yr oedd fel diwrnod o wanwyn. Sylweddolodd fod yr angel yn sefyll yn ei ymyl gan edrych yn chwilfrydig arno.

"Pwy wyt ti?" gofynnodd yr angel.

"Tomos Williams, gŵr Marged Nant Gors Ddu," atebodd Tomos.

"Dere gyda fi."

Dilynodd Tomos yr angel yn ufudd i fyny'r bryncyn. Yn rhyfedd iawn nid oedd blinder arno. Cerddai dros y llethr yn rhwydd fel y dringai fanc serth Nant Gors Ddu pan oedd yn grwt ifanc deunaw oed. Gwthiodd ei law i'w boced i chwilio am ei bibell i gael mygyn fel y gwnâi ar y ddaear, ond ni fedrai ddod o hyd i boced yn y wisg wen oedd amdano.

"Chei di ddim smoco byth mwyach," meddai'r angel.

Eisteddodd y ddau ar laswellt yr uchelderau.

"Edrych lawr fanco," gorchmynnodd yr angel.

Edrychodd Tomos i lawr ar wlad y ddaear. Gallai adnabod Gors Fawr, Gors Ganol a Gors Fach. Ie, a Nant Gors Ddu. Ond pam yr oedd cynifer o bobol yn ymgasglu o gwmpas y lle, a phob un mewn dillad duon? Sylweddolodd ei fod yn gweld ei angladd ei hun.

"Diddorol iawn," meddyliodd.

Er ei syndod canfu Edwards yr Hafod yn mynd i'r mart gyda'i dractor a'i dreiler. Heddiw o bob diwrnod, a Marged ac yntau wedi bod mor dda iddo. Gwylltiodd Tomos wrth weld y fath sarhad ac amarch:

"Yr hen sgrwbyn ag wyt ti! Fyddet ti ddim wedi mynd miwn ar y Cownsil oni bai fod Marged a fi wedi foto i ti. Dim ond un o fajority gest ti y mwnci salw ag wyt ti. Cer i'r mart os yw'r ddou lo sy' yn y treiler yn fwy pwysig na dy hen gymydog fuodd mor dda i ti."

Gwyliodd Tomos Ianto'r Hewl yn dewis man cyfleus i weithio, er mwyn iddo gael cyfle i gyfrif y cerbydau wrth iddynt fynd heibio. Collodd Tomos ei dymer:

"Rhag dy g'wilydd di, Ianto. Fe ddylet ti o bawb fynd i'r angladd. Fe gest ti lawer o fwyd gyda Marged a fi pan o't ti'n gw'itho, os gw'itho hefyd, ar hewl y mynydd ar

15

dywydd 'sgeler y gaea. Fe fyddet ti wedi ca'l y sac oni bai i fi 'weud celwydd wrth y syrfeior."

Yr oedd gan Tomos ddiddordeb mawr yn yr hyn oedd yn mynd ymlaen yn Nant Gors Ddu. Gallai weld Leisa Gors Fawr yn torri'r sangwejis ham yn y gegin fach ac yn bwyta ambell un ar y slei, a Sara Gors Ganol wedyn, a'i chefn tuag ati, yn stwffio sangwej tomato i'w cheg yn y dirgel heb yn wybod i Leisa. Ni fedrai Tomos ddal ei dafod wrth ganfod y fath hyfdra:

"Be' sy'n bod arnoch chi y tacle? Fydd dim ar ôl i'r perthnase pell sy' wedi dod yr holl ffordd. Pam na f'ytech chi fwyd cyn dod, neu aros nes bydd pawb arall wedi b'yta?"

Daeth car bonheddig i'r clos a 'FOR HIRE' arno. Gwelodd Tomos pwy oedd yn disgyn ohono — Phebi Meri a'i mab Bilco a Rosanne ei wraig, perthnasau Marged o Gwm Aberdâr. Yr oedd yr hiraeth yn amlwg ar wyneb Phebi Meri, ond am Bilco a Rosanne, yr oeddent fel dau greadur hanner call a dwl yn sbortian a chwerthin fel pe baent yn cyrraedd ar ddydd priodas. Gwylltiodd Tomos:

"Rwy'n diall dy gêm di, Bilco. Rwyt ti'n meddwl y bydd Nant Gors Ddu yn dod i ti ar ôl dydd dy fodryb Marged. Fe gei di shoc dy fywyd pan glywi di'r 'wyllys ryw dd'wrnod. A gwêd wrth Rosanne am ddiffodd y sigarét 'na neu fe fydd sôn am 'i hesgyrn hi."

Edrychodd Tomos i wyneb yr angel, ond nid oedd gan hwnnw fawr o ddiddordeb gan ei fod yn gweld cannoedd o angladdau bob dydd. Cyrhaeddodd Ifan Defi, mab Morgan cefnder Marged, gweinidog Saron Cwmheble. Roedd ef a'i wraig yn ddigon trwsiadus, ond wfft i'r car a edrychai mor ddi-raen yn ymyl y tacsi o'r Sowth a thacsi Wil Soffi. Tosturiodd Tomos wrthynt:

"P'idwch hidio. Fe allwch chi fforddio i brynu car newydd sbon ar ôl i Marged ddod lan 'ma."

"Falle bydd hi wedi ailbriodi cyn hynny," meddai'r angel wrtho. Ni wnaeth Tomos unrhyw sylw ohono gan ei fod yn gweld Mr. Jones y Gweinidog yn mynd i mewn i'r tŷ rhwng y ddwy res a safai yn ddefosiynol o flaen y drws.

Ar yr aelwyd yr oedd Marged yn ei dagrau, a Phebi Meri a gwraig Ifan Defi yn ei chysuro yn ei thrallod. Edrychai Bilco yn edmygus ar y ddreser dderw oedd yn orlawn o lestri gwerthfawr. Lled debyg eu bod yn werth rhwng dwy a thair mil, os nad rhagor.

"Fe gei di shoc ryw ddiwrnod," mwmialodd Tomos.

Yn y parlwr yr oedd Daniel Sa'r, a'r sgriwdreifer yn ei geg, yn rhoi'r caead ar yr arch. Nid oedd honno chwaith wrth fodd Tomos o bell ffordd:

"Rwyt ti wedi rhoi digon o bwti a farnish fel arfer i guddio pechode, a Marged wedi gofyn iti roi popeth gore. Fe fydd dy fil di ddigon ychel, y rôg ag wyt ti. Ma' un peth yn dda, chei di ddim dod lan fan hyn."

Yr oedd Mr. Jones y Gweinidog yn domen o chwys yn ymyl y tanllwyth tân yn y gegin lawn, yn barod i ddechrau'r gwasanaeth. A oedd raid i Leisa Gors Fawr wneud y fath goelcerth, a'r lle mor fach. Sychodd Mr. Jones ei chwys wrth edrych ar y cloc oedd hanner awr o flaen ei amser. Ymgynghorodd â'i watsh i wneud yn siŵr ei bod yn hanner awr wedi un. Pesychodd:

"Mrs. Williams, a chyfeillion oll..."

"Marged Ni yw 'Mrs. Williams'," eglurodd Tomos wrth yr angel. Aeth Mr. Jones yn ei flaen. Yr oedd cryndod a hiraeth yn ei lais:

"Rwy' wedi colli cyfaill annwyl iawn, ac y mae'n anodd iawn cael geiriau priodol i fynegi fy nheimladau."

Cafodd Marged bwl o lefen. Daeth dagrau i lygaid Phebi Meri a gwraig Ifan Defi. Sylwai Bilco yn fanwl ar wyneb pres y granffadder cloc—DANIEL JONES MAKER ABERYSTWYTH.

"Ma' hwn yn werth dwy fil. Digon i dalu am holides i Roseanne a fi yn Majorca."

17

Daliai Mr. Jones i barablu er bod cefn ei goesau a'i ben-ôl yn rhostio yn y gwres mawr. Ni fedrai symud yn ôl nac ymlaen mewn sefyllfa o greisis:

"Fe gaf gyfle i ddweud gair yn y capel oedd mor agos at galon Mr. Williams."

"Fi yw 'Mr. Williams'," meddai Tomos wrth yr angel.

"Fe fydd y Parch. Ifan Defi Jones, perthynas agos i Mrs. Williams, yn darllen rhan o'r Ysgrythur. Diolch iddo am fod yn gefn i'w fodryb..."

"Meddwl am 'i harian hi ma' fe," sgyrnygodd Bilco o dan ei ddannedd.

Pan ddechreuodd Ifan Defi ddarllen syrthiodd Tomos i gysgu. Roedd hyn yn digwydd ar y ddaear pan ddeuai Ifan Defi i wasanaethu yn y capel, ac er iddo ymladd yn galed bob tro i gadw ei lygaid ar agor o barch i un o berthnasau Marged, byddai cwsg yn mynd yn drech nag ef. Ond dihunodd heddiw yn ddigon buan i weld ei arch yn cael ei chludo allan i'r hers. Ni fedrai ddeall pam na chanwyd 'Yn y dyfroedd mawr a'r tonnau' o flaen y tŷ ac yntau wedi trefnu hynny gyda Mr. Jones y Gweinidog. A danododd yr angel iddo ei fod yn cysgu a chwyrnu pan oedd ei weinidog yn gweddïo ar yr aelwyd.

Gwyliodd Tomos yr holl symudiadau, a chafodd siom am nad oedd Edwards yr Hafod yn un o'r pedwar a gludai'r arch. A oedd raid i hwnnw fynd â'r ddau lo i'r mart heddiw? Fe fynnai air ag Edwards pan ddeuai hwnnw i fyny o'r ddaear, er iddo amau a fyddai yn dod i'r Nefoedd o gofio am ei holl driciau. Dilynodd Tomos yr orymdaith angladdol i lawr i'r pentref. Gwelai Daniel Sâr yn ei het fowler ym mhen blaen yr hers, a Twm ei fab wrth y llyw:

"Dyw hwn'co ddim yn ffit i whilo whilber heb sôn am ddreifio hers."

Arafodd yr orymdaith ar gyrion y pentref. Gwelodd y Bwtsiwr yn sbecian y tu ôl i ffenestr ei siop. Ni fedrai Tomos ddeall y peth:

"A fi a Marged wedi bod yn prynu dy hen gig di ar hyd y blynydde. Ond dyna fe, un fel'na wyt ti. Byth yn mynd i angladde neb ond y porthmyn a ffarmwrs cyfoethog."

Yr oedd tyrfa go dda wedi dod ynghyd i'r capel, a gwthiwyd yr arch ar droli alwminiwm ymlaen at y sêt fawr—yr achlysur cyntaf iddo fod mor agos at y sêt fawr. Daeth Marged i mewn yn pwyso'n drwm ar freichiau Phebi Meri a gwraig Ifan Defi. Roedd Rosanne, gwraig Bilco, yn sefyll allan yn lliwgar rhwng y mwrnin du, ac yn ben-noeth ymhlith yr hetiau parchus.

"Ma' honco fel jippo," meddai Tomos wrth edrych i lawr o fryniau Caersalem.

Yr oedd Mr. Jones yn y pulpud. Eisteddai'r Ficer, ac Ifans Biwla, a Mydroilyn Huws yn y sêt fawr. Wrth gwrs yr oedd Ifan Defi gyda'r galarwyr. Llawenhaodd Tomos am fod pedwar gweinidog a ficer yn ei angladd. Gobeithiai mai Ifans Biwla a fyddai'n gweddïo. Dim byd yn erbyn Mydroilyn Huws fel person, ond ei fod yn dweud y pethau rhyfeddaf wrth weddïo, yn enwedig mewn angladdau. A dymuniad Tomos oedd i Ifans Biwla weddïo yn ei angladd, Mydroilyn Huws i ddarllen, a'r Ficer i gyflwyno'r emynau. Mr. Jones, wrth gwrs, oedd i roi'r deyrnged. Er boddhad i Tomos dyna'r union drefn a ddewisodd Mr. Jones.

Canodd y gynulleidfa gydag angerdd:
'Nac wyled teulu Duw
   Ar ôl y saint...'
Sylweddolodd Tomos ei fod yn sant beth bynnag. Ond fe gofiodd iddynt ganu yr un emyn yn angladd Bili Blue Bell a doedd hwnnw ddim yn sant o bell ffordd.

Eisteddodd cynulleidfa'r capel i wrando ar y Parch. Mydroilyn yn darllen:

"Fe ddarllenir yr ugeinfed bennod o Lyfr y Datguddiad:
   'Ac mi a welais angel yn disgyn o'r nef, a
   chanddo allwedd y pydew diwaelod, a chadwyn
   fawr yn ei law. Ac efe a ddaliodd y ddraig, yr hen

19

sarff yr hon yw Diafol a Satan, ac a'i rhwymodd ef dros fil o flynyddoedd'."

Collodd Tomos ei dymer:

"Allodd hwnna 'neud dim byd yn reit ariôd. Pam na ddarllene fe salm deidi yn lle rhyw bethe dwl fel 'na? Dyw honna ddim yn bennod i' darllen hi mewn angladd. Do's ryfedd yn y byd 'i fod e'n ffeili ca'l galwad. A cheith e byth."

Fe weddïodd Ifans Biwla yn fendigedig. Fel yr oedd yn cofio am Tomos yn fawr ei ofal am y defaid a'r fuwch a'r gaseg ("Fe adawest ti'r llo a'r mochyn a'r geir mas," protestiodd Tomos). Aeth Ifans yn ei flaen i ddiolch am oes hir o briodas hapus nes bod Marged a Phebi Meri yn crio fel y glaw. Nid oedd gan Rosanne ddiddordeb yn y weddi, ac eisteddai yno yn edrych ar y cloc a ffeilio'i hewinedd.

Daeth yr adeg i Mr. Jones y Gweinidog draddodi'r bregeth angladdol.

"Gwrando di 'nawr," meddai Tomos wrth yr angel.

Ni ddeallodd Tomos o ble cododd Mr. Jones ei destun, ond clywodd yr adnod am iddo ei ddarllen ddwywaith—'NA SYMUD MO'R HEN DERFYN YR HWN A OSODODD DY DADAU.'

Gwthiodd Tomos ei fynwes allan mewn balchder. Nid oedd wedi clywed y testun erioed o'r blaen. Yr oedd yn rhaid fod Mr. Jones wedi cyfansoddi pregeth hollol newydd yn arbennig iddo ef:

"Testun speshal Mr. Jones. Fe fydd Marged yn shwr o hela ffowlyn i chi pan ddaw hi at 'i hunan. Odi, ma' fe'n destun da i fi. Diolch yn fowr Mr. Jones bach."

"Rwyt ti'n lico sebon," prociodd yr angel.

Olrheiniodd Mr. Jones hen deulu Nant Gors Ddu yn ôl at ei fam a'i fam-gu, ac at eu ffyddlondeb i'r capel. Ni soniwyd yr un gair am dad a thad-cu Tomos, gan na wyddai Mr. Jones, na neb arall chwaith, pwy oedd y rheiny. Aeth y gweinidog yn ei flaen i ganmol rhinweddau yr ymadawedig:

"Un o blant y filltir sgwâr oedd ein diweddar frawd. Er na chafodd y ddawn i fod yn berson cyhoeddus fe ddefnyddiodd y dalent a gafodd i wneud daioni yn y dirgel. Fe'i ganwyd mewn cyfnod o dlodi ac angen, ac fe gafodd ei ddisgyblu i fyw'n ddarbodus heb wario arian ar oferedd."

"Faint wariest ti ar faco?" gofynnodd yr angel.

"Sshht."

"Bydd colled fawr ar ei ôl, ond yn ei gornel yn Nant Gors Ddu y gwelir y golled fwyaf. Dyn aelwyd a chartref oedd y brawd Tomos Williams. Byth yn cwyno hyd yn oed pan oedd eira mawr dros bobman, a ffordd y mynydd ar gau."

"A thithe mas o faco," meddai'r angel.

"Sshht."

Dyna'r bregeth orau a glywsai Tomos erioed. Synnai weld Mydroilyn Huws â'i ben rhwng ei goesau yn y sêt fawr. Gwnâi fyd o les iddo yntau wrando er mwyn iddo gael rhyw syniad beth oedd pregeth dda am unwaith.

Daliai Mr. Jones i lefaru gyda rhyw arddeliad arbennig:

"Bu Mr. Tomos Williams yn gyfaill mawr i mi. Mae cyfeillion y Weinidogaeth yn mynd yn brinnach o ddydd i ddydd. (Cafodd Mydroilyn Huws bwl o beswch artiffisial.) Gallwn ymddiried fy nghyfrinachau i Tomos Williams, ac fe ddywedai yntau ei gyfrinachau wrthyf innau."

Snwffiodd Marged i'w chadach poced, a gafaelodd Phebi Meri a gwraig Ifan Defi yn dynnach ynddi. Yr oedd yn amlwg fod Mr. Jones hefyd o dan deimladau dwys, ond aeth yn ei flaen:

"Ni chlywodd neb erioed air ofer yn dod dros wefusau Tomos Williams. Gwyn eu byd y pur eu gwefusau..."

Trodd yr angel at Tomos:

"Be' 'wedest ti pan a'th y fuwch i'r ca' llafur ar fore Sul? Wyt ti'n cofio be' 'wedest ti pan ddihangodd y gaseg a'r gart? Fe fuest ti bron dod lan 'ma 'radeg hynny."

"Sshht."

Chwiliodd Tomos am ei watsh, ond nid oedd ganddo watsh. Beth bynnag am hynny, bu Mr. Jones wrthi am ugain munud solet yn ôl cloc y capel. Ymresymodd ag ef ei hun ei fod wedi byw bywyd go dda ar y ddaear neu ni fuasai Mr. Jones o bawb wedi dweud yr holl bethau da amdano. Ni fedrai gysylltu â Marged i ddweud wrthi am anfon ffowlyn i'r Mans cyn y Sul.

Nid oedd gan Tomos fawr o feddwl o'r ail emyn:
'Ar lan Iorddonen ddofn
Rwy'n oedi'n nychlyd…'
Doedd e ddim wedi gweld yr un afon, nac oedi yn nychlyd chwaith ar y daith, dim ond hofran yn hapus yn y cymylau, a gweld y sêr a'r planedau yn gwibio o'i gwmpas cyn glanio yn y wlad brydferth a chwrdd â'r angel. A doedd ganddo fawr o feddwl o'r gwasanaeth ar lan y bedd. Y Parch. Mydroilyn Huws a ofalai am y gwasanaeth, ac yn ôl Tomos yr oedd hwnnw mor ddienaid â phe bai yn claddu ci.

Synnodd Tomos weld cynifer yn y ciw yn y fynwent yn disgwyl am eu cyfle i fynd ymlaen i ysgwyd llaw a chydymdeimlo â Marged. Hwn a'r llall wedyn yn mynd at Mr. Jones i ddiolch iddo am y bregeth ardderchog, ac yntau yn egluro, er mawr lawenydd i Tomos, fod ganddo bren da i weithio arno. Ac Edwards yr Hafod yn gyrru ei dractor gan gymryd y ffordd gefn adref o'r mart rhag i neb ei weld. Ond o'r bryniau tragwyddol gallai Tomos gael golwg glir arno:

"Pam nad ei di adre dros yr hewl fowr fel pawb arall y cachgi ag wyt ti? Rwy'n dy gofio di pan nad o'dd gen't ti ddim byd ond rhacsyn o feic yn dransport. A pheth arall i ti, gobeithio colli di'r lecshwn nesa'. Rwyt ti wedi colli lot o fôts heddi."

Sylwodd Tomos fod Marged wedi trefnu bwyd i bawb yn y festri, a bod y mwyafrif wedi manteisio ar hynny. Chware teg i wragedd y capel am fod mor barod i roi help llaw. Craffodd Tomos yn fanwl ar y gwahanol fwydydd oedd ar y byrddau. Bara menyn gwyn. Bara menyn brown.

"Pam ma' nhw wedi torri'r caws yn bishis mor fach? Do's dim gaf'el yndo fe."

Dau siort o gacen—un gyrens ac un blaen. Bara brith.

"Dratio nhw, wela' i ddim byns ar y byrdde. Ma'r fenyw 'na sy'n tŷ capel mor ddidoreth. Dyw bwyd angladd ddim yn fwyd angladd heb fyns. Ma' nhw wedi arfer ca'l byns. Marged Ni fydd yn ca'l y bai."

"Be' sy'n bod 'nawr?" meddai'r angel wrth weld Tomos yn gwylltio mor gyffrous.

"Be' sy'n bod wir? Welest ti fwyd angladd ariôd heb fyns ar y byrdde?"

Ni wnaeth yr angel ond edrych yn syn ar Tomos.

Yr oedd y llestri gorau wedi cael dod allan yn Nant Gors Ddu, a Leisa Gors Fawr a Sara Gors Ganol yn gwledda ar y trugareddau. Yn wahanol i'r festri yr oedd byns yno, ac y mae Leisa yn dwli ar fyns.

Ar gornel bella'r bwrdd yr oedd pedair marshmalo fel pedair gweddw drist.

"Ma' ise rhagor o la'th yn y jwg," meddai Leisa.

Pan ddychwelodd Sara â rhagor o la'th o'r pantri sylwodd nad oedd ond tair marshmalo ar y plât. Gallai dyngu bod yno bedair rai munudau 'nôl.

Edrychodd Tomos i lawr arnynt, a phan oedd ar fin dweud rhywbeth cododd yr angel ar ei draed gan ysgwyd ei adenydd:

"Dere. Gad inni fynd."

"I ble?" gofynnodd Tomos.

"I ga'l gweld a wyt ti'n deilwng i ga'l dy dderbyn i'r Nefodd."

"Rown i'n meddwl mod i wedi cyrra'dd y Nefo'dd."

"Falle fod Jones, dy weinidog di, wedi dy roi yn y Nefo'dd. Dyna ddrwg Jones a phob gweinidog ar y ddaear, 'u bod nhw'n rhoi pawb yn y Nefo'dd. Do's dim hawl 'da nhw i 'neud hynny."

23

"Ble ma' pawb 'ma?"

"Ma' nhw'n cysgu a gorffwys."

"Pam ma' nhw'n cysgu yn y dydd?"

"Do's dim nos ffor' hyn."

"Fydd dim ise canwylle wedyn?"

"Na fydd. Rwy'n synnu atat ti nad wyt ti'n gw'bod dy Feibl. Chlywest ti ddim o'r adnod:

'Ac ni bydd nos yno, ac nid rhaid iddynt wrth
    gannwyll na goleuni haul'.

Chlywest ti mo'r adnod 'na te? Dere, ma' Pedr yn disgwyl amdanat ti. Ma' gen i gyngor i ti. Gofala di na fyddi di yn dadle â Phedr. Ma' fe fel matshen."

Dilynodd Tomos yr angel. Daethant at groesffordd lle roedd arwydd yn dangos PARADWYS ac UFFERN. Er rhyddhad i Tomos trodd yr angel i gyfeiriad PARADWYS. Sut un oedd Pedr tybed? Nid oedd gan Tomos fawr o olwg arno gan fod Mr. Jones y Gweinidog wedi dweud lawer gwaith ei fod yn greadur pwdlyd a rheglyd a thipyn o bwsh ynddo i fod yn geffyl bla'n. Yn waeth na dim fe wadodd 'i Fistir. Dechreuodd Tomos feddwl pa frîd oedd y ceiliog hwnnw ganodd deirgwaith. Clywsai Mydroilyn Huws yn dweud ar ei bregeth unwaith mai Blac Minorca oedd e a'i fod e wedi llwyddo i fynd i'r Llys yn y nos heb i'r milwyr ei weld; ond dyna fe, gallai Mydroilyn raffo celwydd wrth bregethu.

Cyflymodd yr angel nes i Tomos gael trafferth ei ddilyn. Nid oedd amser ganddo i ddangos gogoniant y wlad. Fydde dim gobeth ganddo i ga'l job gan y Welsh Twrist Bôrd.

"Cymer bwyll. Beth yw dy hast di?"

O'r diwedd daethant at borth y Nefoedd. Rhywbeth yn debyg i entrans un o adeiladau y Royal Welsh yn Llan-elwedd lle mae ffermwyr Cymru yn cael wythnos o nefoedd bob blwyddyn. Agorodd yr angel y drws mawr â'i adain. Safai Pedr o'u blaenau. Yr oedd yn fwy ifanc nag y tyb-iodd. Llefarodd Pedr:

"Pwy yw hwn?" gofynnodd Pedr i'r angel.

"Tomos Williams, Nant Gors Ddu," atebodd yr angel.

"Dyma fe, ie fe? Rwy' wedi clywed llawer o sôn amdano fe. Ma' fe wedi gwario ffortiwn ar faco. Rhaid iddo fe fynd lawr i Uffern. Cer ag e o 'ngolwg i."

Gwylltiodd Tomos.

"Rwy'n mynd adre at Marged."

Rhedodd nerth ei draed i lawr y llethr i blith y cymylau, a nofio drwy yr eangderau rhwng y sêr a'r planedau, a Phedr a'r angel wrth ei sodlau. Gallai deimlo eu hanadl yn boeth ar ei wegil. Chwifiodd ei goesau a'i freichiau, a gwaeddodd am help yn y tywyllwch mawr.

Dihunwyd Marged gan y mwstwr. Dihunodd Tomos hefyd.

"Be' sy'n bod arnat ti, Tomos? Fe ofala' i na chei di beder ffagotsen i swper byth eto," meddai Marged rhwng cwsg ac effro.

Estynnodd Tomos ei law allan at y bwrdd yn ymyl y gwely. Yr oedd ei bibell a'i faco yno yn ddiogel. Tynnodd y garthen dros ei ysgwydd, a throdd ar ei ochr chwith i gysgu.

* * *

IFAN SOWTH

Bu tair problem yn blino Tomos Nant Gors Ddu ers blynyddoedd.

Y broblem gyntaf oedd yr hwrdd strae a ddeuai i'r Banc ar nos olau leuad yn yr hydref i feichiogi'r defaid yn answyddogol, a gwanychu'r brîd. Cofiai am Williams Biwla, rhagflaenydd Ifans, yn codi testun o lyfr Daniel am hwrdd yn sefyll ger afon Ulai. Yr hwrdd deugorn, ac un corn yn uwch na'r llall. Fe gytunai Tomos yn llwyr â'r pregethwr pan ddywedodd hwnnw mai'r gymwynas fwyaf â'r ffermwyr lleol fyddai saethu'r fath greadur hyll.

Yr ail broblem yw'r ffaith ei fod yn gorfod golchi ei draed pan fydd Marged yn newid dillad isaf y gwely, ac yntau yn taeru bod mynd â'i draed i'r môr ar draeth Aberystwyth ar ôl cwpla'r gwair yn ddigon o berfformans o'r fath am flwyddyn.

Y broblem fawr arall, a'r fwyaf o'r tair, yw ymweliad Ifan Sowth, perthynas pell i Marged, sy'n dod am wythnos o holides bob blwyddyn heb ei gymell. Yn ôl Hanna Jên, sy'n byw yn ymyl y ciosc teliffon, mae Ifan yn byw gyda rhyw fenyw mewn carafan ar y mynydd yng nghyffiniau Abercwmboi a Mownten Ash, ac yn chware'r organ yng nghlwb Shoni Hoi yng Nghaerdydd bob nos Fercher a nos Wener. Nid yw Tomos a Marged yn gw'bod hynny, ac o fenyw ddidoreth bu Hanna Jên yn ddigon call i beidio â dweud wrthynt.

Slingyn main, tal, a'i wyneb yn dilyn clamp o drwyn Rhufeinig yw Ifan, a gwallt hir yn cuddio'r gyfrinach fod un glust yn fwy na'r llall. Pan ddaeth i'r wlad llynedd ar ei wyliau, gwisgai gôt a throwsus Ocsffam, crys gwyn a mwffler sidan, sane ffansi, sgidie dal-adar, ac roedd yn cerdded yn ddoniol, fel cath yn camu dros ludw poeth.

Bore dydd Mercher, dair wythnos yn ôl, daeth y llythyr i gyhoeddi bod Ifan ar fin dod unwaith eto i Nant Gors Ddu. Gallai Marged adnabod y sgrifen oedd yn debycach i fagle broga na bagle brein. Rhwygodd yr amlen fel pe bai'n gwybod bod ei chynnwys yn darogan diwedd y byd. Yr oedd hi ac Ifan yn dod ymlaen yn iawn, ond yr oedd yr ymgecru dyddiol rhwng Ifan a Tomos yn ddigon i'w diflasu. Nid oedd y ddau ar yr un donfedd, a Tomos fel rhyw geiliog ar ben domen yn hawlio ei diriogaeth ei hun. Chware teg i Tomos, gallai Ifan Sowth, wrth geisio g'neud rhyw jobyn i helpu, fod yn niwsens perffaith. Yn ôl Tomos, yr oedd Ifan wedi cael y ddawn i sbwylo bwyell neu lif am byth, heb sôn am ei gleber wast pan fyddai Tomos wrthi yn cyflawni rhyw orchwyl o bwys. Nid rhyfedd fod dwylo Marged yn crynu wrth iddi ddarllen cynnwys y llythyr yn herciog a thrafferthus:

"Dier cysns,

Jest e lein tw confform iw ddat ei wil bei cyming on mei aniwal holides necst Satyrdei. Ddêr is no nid tw tel Wil Soffi tw mît byss as ei haf bôt e moto carr. It is a Ffocshol Hastra."

"Do's dim raid iddo fe hasto," chwyrnodd Tomos.

"Ei wil arreif in teim ffor lynsh. Hopping tw ffein iw as ei am at ddi present teim.' On'd yw 'i Seisneg bach e'n dda."

Syllodd Tomos ar yr ystlys a'r ham o dan y llofft:

"Bydd yn rhaid i ni gwato'r ham 'na. Fe f'ytodd hanner ham llynedd."

"Be' ti'n feddwl am Ifan yn prynu moto? Dyna neis yn gweld y perthnase yn dod mla'n yn y byd."

"Ta ti'n gofyn i fi, ma' nhw'n byw ar gefen 'u perthnase he'd."

"Dim ond d'wrnod sy' gyda ni i baratoi ar 'i gyfer e. Dyw e ddim yn b'yta lot. Ma' fe mor dene â rhaca, druan bach."

"Ma' twyll mewn bola milgi main."

"Wyt ti'n cofio pwy short o fwyd ma' Ifan yn lico?

"Popeth ond cig gwyn. Ta fe'n byta'r ystlys 'na fe fydde gwell gra'n arno fe. Ond elli di ddim pesgi milgi."

27

Bore dydd Iau daeth Wil Soffi â'i dacsi at ddrws Nant Gors Ddu i gyrchu Tomos a Marged i fynd i'r dre i siopa. Yr oedd Marged wedi gwisgo'n barod ers awr, a'r ddau fag a'r hambag yn gorwedd ar y bwrdd.

"Dyw Tomos Ni ddim yn dod i'r dre, William Jones. Ma' fe mor benstiff â donci Mari Moses, pwy bynnag o'dd honno."

Yr oedd amser Tomos yn rhy werthfawr i fynd i galafan-tan i'r dre. Gwaeddodd Marged wrth gerdded at y tacsi:

"Gofala am y tân, Tomos. Rwy'n mynd 'nawr."

Nid oedd llef na neb yn ateb. Chwiliai Tomos yn ddyfal yn y bocs bric-a-brac ar y llofft stabal am glo i'w roi ar ddrws y sied lle cadwai ei drysorau megis bwyell, morthwylion, llif, a phob math o offer na ddylent syrthio i ddwylo anghyfarwydd. Ni fedrai anghofio am yr hyn a ddigwyddodd y llynedd. Ar ôl i Ifan fynd adre i'r Sowth daeth Tomos o hyd i'r llif ar ben twlc y mochyn, y fwyell ar ben y clawdd rhyw ddau canllath o'r tŷ, a'r sied fel pe bai daeargryn wedi ysgwyd ei chynnwys. Croeso i Ifan Sowth ddod ar ei holides, dim ond iddo fod yn llonydd, a pheidio â mynd o gwmpas i gystrowlo popeth.

Daeth Tomos ar draws clo anferth, henffashwn, nid un o'r pethau modern sy'n cloi ohonynt eu hunain, ond yr Herciwlis mawreddog sy'n ddigon cryf i wrthsefyll ymosodiad eliffant, fel y tybiai. Pe bai dwylo Ifan mor fedrus â'i freuddwydion gallai fod yn greadur iwsffwl i wneud ambell jobyn yn ystod ei wyliau.

Teimlai yn flin am na chafodd Marged ddewis ei pherthnasau.

Wedi cloi drws y sied yn ofalus, gosod yr allwedd yn ei boced, a mynd i'r tŷ, cofiodd Tomos fod ganddo un gorchwyl arall. Gosododd y stôl ar ganol llawr y gegin, a dringodd i'w phen i dynnu'r ham i lawr. Fe'i lapiodd mewn papur llwyd, ac aeth ar ei liniau yn y parlwr i'w gwthio o dan y gwely lle cysgai ef a Marged. Yr oedd yn drueni i ham mor flasus fynd i fola dyn segur na fedrai wneud dim ond smoneth o bopeth. Credai Tomos o ddifrif mai'r mistêc mwyaf a wnaeth y Brenin Mawr oedd creu Ifan Sowth.

Eisteddodd yn ei gadair o flaen y tân i smocio un, dwy, tair pibellaid o faco, un ar ôl y llall. Hon oedd ei hoff gadair, ond yn ystod y dyddiau nesaf fe fyddai'n rhaid iddo fod yn effro rhag i Ifan Sowth neidio iddi o'i flaen, a'i adael yntau i eistedd ar y sgiw. Agorodd y drws er mwyn i'r mwg ddianc allan i'r awyr agored cyn i Marged ddychwelyd. Ymestynnodd ei goesau a gorweddodd yn ôl. Nid oedd yn weddïwr cyhoeddus, ond caeodd ei lygaid mewn gweddi ymbilgar ar ei aelwyd ei hun:

"O! Arglwydd, stop'a Ifan Sowth i ddod ffor' hyn i dorri ar heddwch y gwersyll. Rho'r ffliw iddo fe, ne' bronceitis, ne' niwmonia, ond paid â'i ladd e, wa'th fe fydd coste mowr ar Marged a fi i fynd i' angladd e."

Sylweddolodd yr ast a orweddai yn y cysgod wrth dalcen y tŷ fod rhyw dawelwch o gwmpas, a sleifiodd i'r gegin drwy'r drws agored. Gwelodd ei mistir yn gorwedd yn ei hyd, ac aeth heibio iddo i swanta o dan y bwrdd. Gwelodd fod drws y parlwr hefyd ar agor, a daeth awydd arni i archwilio'r lle gan nad oedd ei meistres i'w herlid â'r brwsh llawr. Mentrodd yn ofnus ar y cychwyn, ond anghofiodd ei llwfrdra pan ddaeth aroglau hyfryd i'w ffroenau, a dilynodd hen reddf y canrifoedd at yr ysglyfaeth o dan y gwely. Cododd ei mistir yn sydyn, ac yn ei dychryn rhuthrodd yr ast allan am 'i bywyd gan daro yn erbyn y bwrdd bambŵ bychan yn ymyl y drws (a ddaliai'r aspidistra), nes bod y pot blodyn yn yfflon, a'r pridd yn slachdar ar y llawr.

Yn y sŵn a'r cythrwfl gwelodd Tomos yr ast yn neidio ar draws y gegin fel teiger mewn syrcys, cyn iddi ddiflannu drwy'r berth ar glawdd yr ardd. Aeth i'r parlwr i weld y difrod a wnaed i'r blodyn hynafol a gafodd Marged gan ei mam flynyddoedd maith yn ôl. Chwarae teg i'r ast, yr oedd pydredd coed yn y bwrdd bambŵ, a dangosai'r llwch ar lawr y parlwr hynny'n eglur. Gwell iddo adael popeth fel yr oedd er mwyn i Marged fod yn dyst o'r pydredd, ac ni soniai am yr ast. Beth bynnag am hynny, nid ar yr ast oedd y bai, a rhaid fod Ifan Sowth wedi ei rh'ibo, oblegid pan ddaeth e ar 'i holides ddwy flynedd yn ôl fe drigodd y gath:

"O! Arglwydd, rho ddos o ddwbwl niwmonia iddo fe, a stopa fe beth bynnag 'nei Di."

Cofiodd Tomos am orchymyn Marged iddo i ofalu am y tân, a sylwodd ei fod bron diffodd. Brysiodd i nôl y jar baraffîn o'r tŷ glo, ac arllwysodd ychydig o'r olew ar y gweddillion poeth. Dihunodd y tân fel cawr yn deffro o'i gwsg; ymdorchodd y fflamau i fyny'r simne ac i gyfeiriad Tomos nes rhuddo ei fwstash a blew amrannau ei lygaid.

Daeth cawod o huddyg o'r uchelderau nes cuddio'r aelwyd, a chododd cymylau o fwg a llwch i lenwi'r gegin. Yn y mwrllwch gweddïodd Tomos drachefn:

"Os na weithith y dwbwl niwmonia rho'r pliwrisi iddo fe."

Pesychodd Tomos ei ffordd tua'r awyr agored ar yr union foment ag yr oedd Marged yn dod drwy'r drws a'r ddau fag yn ei llaw, a chafodd Tomos ei hun yn cofleidio Marged am y tro cyntaf ers deugain mlynedd.

Brawychodd Marged wrth weld yr alanas yn y gegin a'r parlwr. Daeth dagrau i'w llygaid. Bu Tomos yn ffodus fod Leisa Gors Fowr wedi dod draw am sgwrs. Ciliodd yntau i'r Banc fel Moses yn dringo mynydd Sinai i siarad â Duw, a gweddïodd yn ddistaw am i Marged beidio â bod yn gas wrtho ar ei ddychweliad i'r tŷ maes o law.

Pan ddaeth yn ei ôl ddwyawr yn ddiweddarach, yr oedd yr aelwyd a'r parlwr yn lân, a thri sgadenyn yn digoni ar y ffreipan. Eisteddodd yntau wrth y bwrdd fel bachgen drwg yn disgwyl am ddisgyblaeth. Tynnodd ei gap i fwyta'i fwyd. Nid oedd yn arfer gwneud hyn ond pan ddeuai'r gweinidog heibio. Yr oedd y tawelwch yn ei ladd. Gallai dystio bod hanner blwyddyn wedi mynd heibio cyn i Marged ofyn yn dawel:

"Be' ddigwyddodd i'r asbidistra, Tomos?"

"Y?"

"Be' ddigwyddodd i flodyn Mam druan fach? Ma' fe'n hen iawn, a bob tro rwy'n edrych arno fe rwy'n meddwl am Mam."

"Fe gw'mpodd heb i neb dwtsh ag e. Ro'dd drei rot yn y bwrdd."

"Be' ddigwyddodd i'r tân?"

"Fe ddoth yr huddyg lawr yn dalpe mowr. Sein o law reit i wala."

Yr oedd Marged â'r plat a'r fforc yn ymyl y ffreipan. Daeth ei llais ffein i glustiau Tomos:

"Wyt ti am ddou sgadenyn?"

"Plîs."

Tagai'r gair 'Plîs' yn ei wddf. Cofiodd am Mr. Jones y Gweinidog yn diffinio Uffern: "Methu enjoio'r Nefoedd am fod pechode'r ddeiar yn pinsho ened."

Gosododd Marged y ddau sgadenyn o'i flaen. Am na fedrai edrych i'w hwyneb syllodd Tomos i gyfeiriad y nenfwd.

Sylwodd fod yr ham wedi dychwelyd i gadw cwmni i'r ystlys. Cafodd bwl ofnadwy o beswch. Curodd Marged ei gefn:

"Pam na wisgi di dy sbectal i weld y blew 'na?"

Ni wyddai Marged nad oedd gan y peswch ddim byd i'w wneud â'r blew sgadenyn.

Yn gynnar fore Sadwrn cyrhaeddodd Ifan Sowth yn ei holl rwysg a'i ogoniant. Rywsut rywfodd doedd ei wisg a'i osgo ddim yn cyfateb i wareiddiad cefen gwlad, a safai allan yn glir fel bys bawd wedi cael ergyd gas gan forthwyl. Agorodd Marged y drws led y pen i estyn ei chroeso:

"A rwyt ti wedi dod. Rwy'n falch dy weld ti."

Rhewodd ei thafod pan welodd hi Ifan yn dod allan o'r Astra, heb fod yn annhebyg i lewpard yn disgyn o Arch Noa ym more bach y byd: sane melyn; sgidie llwyd; crys piws; mwffler coch; a'r gôt ryfedda o bob lliw.

"On'd yw e yn debyg i Joseff yn 'i shaced fraith," meddai Marged wrth Tomos a safai yn anniddig y tu ôl iddi.

"Falle 'i fod e. Fe gath hwnnw 'i werthu i'r jipsis."

Poerodd Tomos ffrwd hir o sudd shag heibio i drwyn yr ast oedd wrth ei draed. Edrychodd yr ast yn amheus arno cyn dianc i'r cartws i orwedd o dan y gart; fe wyddai hi trwy brofiad am y blas ffiaidd oedd ar boeri ei mistir. Yr oedd Marged yn ffwdan i gyd wrth dderbyn Ifan i Nant Gors Ddu:

"Dere i'r tŷ. Ma'r cawl yn barod. Rwyt ti'n shwr o fod bwti clemio."

Dilynodd Ifan y ddau i'r gegin. Tynnodd ei gôt cyn mynd at y bwrdd yn ôl arfer dynion y Sowth. Edrychodd yn syn ar y basn anferth a'r llwy bren.

"Fe fydde'n well gen i ga'l soser a llwy de, plîs."

Ni fedrai Tomos ddeall pam yr oedd yr ymwelydd yn tynnu ei gôt i yfed cawl o lwy de.

"Pam na f'yti di lond dy fola? Weles i neb yn ifed cawl â llwy de. Babi sy'n g'neud hynny."

"Paid â'i boeni fe, Tomos. Fel 'na ma' fe'n enjoio."

Eglurodd Ifan fod ei golestrol yn uchel, a soniodd am fwyta'n iach a cholli pwysau. Roedd yn benderfynol o beidio â bwyta cig yn ystod ei wyliau. Edrychodd Tomos yn hapus ar yr ham. Ond nid oedd mor hapus ynglŷn â'r colestrol.

"Be' 'di enw'r hen glefyd 'na sy' arnat ti?"

"Pwy glefyd?"

"Colesto, 'wedest ti."

"Colestrol."

"Wyt ti ddim yn meddwl y dylet ti fod wedi aros adre rhag ofan i Marged a fi ga'l yr hen glefyd?"

"'Sgusodwch fi. Rwy'n mynd i newid."

Aeth Ifan allan at y car, a dychwelyd â'i bortmanto a'i fag.

"Cer lan i'r llofft fach. Rwyt ti'n cysgu 'run man ag arfer," meddai Marged.

Aeth Tomos ar hast i ddatgloi drws y sied. Ni fedrai dyn sâl wneud llawer o ddrwg o gwmpas y tŷ. Pan ddaeth yn ei ôl yr oedd Ifan yn ei oferôls ar ganol y llawr yn gwisgo ei wellingtons.

"Be' sy' mla'n gen ti?," holodd Tomos.

"Fe ffeindia i r'wbeth i 'neud cyn nos."

Brysiodd Tomos allan am ei fywyd i gloi drws y sied drachefn, cyn mynd i fyny i'r Banc i weld y defaid.

Aeth Ifan Sowth hefyd am dro. I lawr heibio'r cartws, a'r beudy, a'r stabal. Yr oedd pobman mor dawel. Safodd o flaen y sied a sylwi ar y clo. Yr oedd Tomos yn gall iawn i gloi'r drws, gan fod lladron yn dod allan o'r trefi i'r wlad erbyn hyn.

Na, ni hoffai fyw yn y wlad. Iawn am wythnos o holides. Y trwbwl ynglŷn â'r wlad yw'r ffaith nad oes dim byd yn digwydd—dim cyffro o unrhyw fath. Aeth i lawr at y twlc, a phwyso â'i freichiau ar y wal i edrych ar y mochyn. Dechreuodd Ifan ystyried sut mae mochyn yn ei gadw ei hun mor lân yng nghanol yr holl faw, a be' sy'n mynd trwy feddwl mochyn pan fyddo'n gweld rhywun yn edrych arno dros wal y twlc? A pham yr oedd Tomos a Marged yn cadw'r creadur yn gaeth mewn lle mor fach?

Syllai'r mochyn yn ddifrifol arno, a rhochian fel pe bai yn ymbil am gael mynd am dro. Deallodd Ifan, ac agorodd ddrws y twlc. Yr oedd Ifan wrth ei fodd—y mochyn yn dilyn ei drwyn ac yntau yn dilyn y mochyn i lawr y Cae Dan Tŷ ac i gyfeiriad y gors, wrth ymbellhau oddi wrth y tŷ.

"Ma'n well i ni fynd 'nôl," gwaeddodd Ifan, ond nid yw mochyn yn deall iaith dyn dierth na welodd lawer o foch.

Wrth glywed y waedd sydyn aeth cerddediad hamddenol y mochyn yn drot, a'r drot yn garlam, a charlamodd Ifan hefyd. Yr oedd y mochyn yn mwynhau ei ryddid, ac Ifan yn ei ofid yn sylweddoli erbyn hyn mai camgymeriad mawr oedd agor drws y twlc.

Wedi cyrraedd y Banc eisteddodd Tomos yng nghysgod y berth i gael mygyn a mwynhau'r olygfa. Yr oedd yr haul yn ei lygaid, ond lawr obry gallai weld dyn yn rhedeg ras â mochyn, ac yr oedd y peth yn ddoniol iawn.

Cofiodd am y Gymanfa Bwnc pan oedd yr Ysgol Sul yn trafod hanes moch Gadara, a'r holwr dibrofiad yn gofyn y cwestiwn ffôl beth oedd spîd y moch yng ngwlad y Gadareniaid. Bili Bach, nad yw fel pawb, fentrodd ateb: "Sicsti meils an ower." Wedi i'r holwr amau'r fath gyflymder, gwaeddodd Bili Bach dros y capel nad oedd trigen milltir yr awr yn ddim i fochyn â chythrel yn ei fogel. Bu'r Gymanfa honno yn gymanfa gofiadwy, a bu sôn amdani am flynyddoedd.

Gwenodd Tomos wrth gofio am yr ateb digri o enau Bili Bach, ond yn sydyn aeth y wên yn wep. Yr oedd cwmwl erbyn hyn wedi atal yr haul o'i lygaid a gallai weld yn gliriach, a neidiodd ar ei draed yn wyllt pan suddodd y gwirionedd i'w ymennydd mai ei fochyn ef ydoedd, ac mai Ifan

Sowth oedd y creadur hanner call a dwl a geisiai ei ddal i lawr ar y rhos.

Gwaeddodd Tomos nerth ei ben am gymorth o'r tyddynnod cyfagos lle mae'r gymdeithas yn dal yn glòs o hyd, a gwelwyd Leisa Gors Fawr, Sara Gors Ganol, a Dafi Gors Fach yn rhedeg am y cyntaf i gael y blaen ar y mochyn cyn iddo gyrraedd y bryncyn uwchlaw'r afon a syrthio dros y dibyn, nid i'r môr fel moch Gadara gynt, ond i siafft yr hen waith mwyn.

Yn sydyn, arhosodd y mochyn, a safodd y byd. I lawr dros lwybyr y Cae Dan Tŷ deuai Marged â'r bwced bwyd yn ei llaw. Gwyddai'r mochyn beth oedd yn y bwced hwnnw. Trodd Marged yn ei hôl a'r mochyn yn ei dilyn bob cam at y cafn yn y twlc. Caeodd hithau'r drws yn ddiolchgar am na ddigwyddodd trychineb.

Cyrhaeddodd Tomos â'i dalcen yn ffrydiau o chwys. Edrychodd yn gas i lygaid Ifan, ond yr oedd ei dymer wedi lleddfu ychydig:

"Gofala di ar dy ened na fyddi di'n mynd yn agos i fochyn byth 'to."

Teimlai Ifan yn euog. Nid oedd ganddo welltyn o esgus i ymafael ynddo.

Tawedog iawn oedd Ifan ar aelwyd Nant Gors Ddu y noson honno. Daeth yr unig gysur iddo o gyfeiriad Marged:

"Paid becso. Ro'dd yn dda i'r mochyn ga'l stwytho'i goese bach."

Yna daeth y cwestiwn a fawr ofnai Ifan.

"Wyt ti'n mynd i'r capel 'nawr?"

Pe bai'n dweud nad oedd yn mynd ar gyfyl Nasareth ar y Sul fe dorrai hynny galon Marged, a phe bai'n dweud ei fod yn mynd, byddai'n rhaid iddo wedyn lunio celwydd ar ôl celwydd i ateb ei chwestiynau. Ond llwyddodd Ifan i ddod allan yn fuddugoliaethus o sefyllfa anodd trwy ddweud y gwir cyfrwys.

35

"Fi o'dd yn whare'r organ yn y briodas yn Nasareth w'thnos i heddi."

"Glywest ti, Tomos? Ma' Ifan yn whare'r organ yn y capel. Organ fach yw hi?"

"Nage. Peip organ," meddai Ifan, â'i fynwes yn chwyddo.

"Glywest ti, Tomos? Peip organ. A meddwl 'i fod e'n perthyn i ni. Gwed r'wbeth."

Poerodd Tomos i lygad y tân heb ddweud gair o'i ben. Bore trannoeth pan gododd Ifan o'i wely a dod i lawr dros y grisiau yr oedd Tomos wedi gwisgo'n barod i fynd i'r capel. Edrychodd Marged allan drwy'r ffenest, i weld yr awyr yn clirio a'r gawod yn cilio.

"Mae'r haul yn dod mas, Tomos. Bydd yn well i ti fynd â dy facintosh rhag ofan y daw cawod arall."

Gwelodd Ifan ei gyfle i wneud i fyny am yr hyn a wnaeth iddo syrthio oddi wrth ras y diwrnod cynt.

"Fe a' i ag e, a dod 'nôl ag e, yn yr Astra."

"Be' ti'n feddwl am hynna, Tomos? Ma' Ifan yn mynd â ti yn yr Hastra. Dere i ga'l brecwast, Ifan. Fynni di ddou wy?"

"Dim ond cwpaned o de. Fe a' i lan i newid. Ma' digon o amser."

Eisteddodd Tomos i gael mygyn arall. Ymhen chwarter awr ymddangosodd Ifan drachefn yn ysblander ei ogoniant. Sane coch. Sgidie petent. Trowsus llwyd. Crys gwyn. Tei biws. A bleser nefi.

"Wel, rwyt ti'n smart. Beth yw'r ogle 'na?" gofynnodd Marged.

"Afftyr shêf."

"Rhaid i ti Tomos ga'l hwnna yn lle'r hen ogle baco 'na."

I ffwrdd â nhw drwy'r ffald, ac i lawr yr hewl yn yr Astra coch fel dau o'r teulu brenhinol yn mynd ar daith, a Marged yn dal i chwifio ei ffedog nes iddynt fynd o'r golwg. Erbyn hyn yr oedd calon Tomos wedi toddi wrth iddo drafaelu i'r capel mewn steil, ac Ifan wedi cael madd-euant llwyr am helynt anffodus y mochyn.

Wrth iddynt agosáu at y ciosc teliffon neidiodd y fenyw allan o dalcen y tŷ yn ddirybudd. Breciodd Ifan yn sydyn, a gwylltiodd Tomos:

"Be' sy'n bod arnat ti, fenyw, yn jwmpo fel cangarŵ i ganol yr hewl fel 'na?"

Edrychodd Hanna Jên yn fanwl ar wisgoedd crand y dreifer.

"Sorri mowr. Faint o'r gloch yw hi? Ma'r cloc didoreth wedi stopo."

Edrychodd Ifan ar ei watsh:

"Deg mynud i ddeg." Ac ymlaen.

"Pwy o'dd y fenyw 'na, Tomos?"

"Hanna Jên. Ise gw'bod pwy o'dd yn y car o'dd hi."

Gwenodd Ifan.

Parciodd Ifan ei gar o flaen y capel. Yn wahanol i Glwb Shoni Hoi, Caerdydd, yr oedd digonedd o le.

"Wyt ti'n dod miwn?" gofynnodd Tomos.

"Cystal i fi ddod. Ma' hynny'n well nag aros mas yn y car."

Roedd rhyw bymtheg wedi cyrraedd. Edrychodd pob un ohonynt mewn syndod ar y dandi mewn dillad crand a eisteddai yn ymyl Tomos. Pe baent wedi aros gartref byddent wedi colli'r sioe honno. Daeth dwy ferch ysgol i mewn wedyn, ac Edwards yr Hafod a'i wraig, a Mr. Jones y Gweinidog. Aeth Edwards yn ei flaen i'r sêt fawr, ond arafodd Mr. Jones a phlygu i groesawu'r dyn dierth, a chael y manylion gan Tomos ei fod yn perthyn o bell i Marged, a'i fod yn dod o'r Sowth, ac yn aros am wythnos o holides yn Nant Gors Ddu.

Pan drawodd y cloc oedrannus un ergyd glochaidd i gy-hoeddi ei bod yn ddeg o'r gloch, cododd Mr. Jones ar ei draed yn y pulpud i egluro bod Miss Defis, yr organyddes, yn sâl yn y ffliw, ac wedi cael twtsh o niwmonia.

Chware teg i Miss Defis, bu'n ffyddlon ei gwasanaeth am bum mlynedd a deugain heb golli nemor i Sul. Ei thad a roddodd yr organ i'r capel, a chymaint oedd parch Miss Defis i'w thad fel na châi neb arall gyffwrdd â'r offeryn. Bu'n ofalus iawn ohono gan dynnu'r tair stop allan yn bwyllog, a phedlo yr un mor araf rhag iddo gael cam. Wedi pum mlynedd a deugain o ganu araf a difywyd ni wyddai neb am emynau a thipyn o fynd ynddynt.

Ymddiheurodd Mr. Jones yn ddiffuant a didwyll am ab-senoldeb Miss Defis gan ofyn i'r gynulleidfa wneud ei gorau i ganu heb organ am y tro. Byddai'n mynd i weld yr organyddes drannoeth, a gallai ei sicrhau bod pawb wedi gweld ei heisiau. Ni fedrodd Tomos ddal yn hwy, a llefar-odd yn hyglyw dros y capel:

"Ma' Ifan fan hyn yn whare organs yn y Sowth."

Bu Ifan bron mynd drwy'r llawr. Pesychodd Mr. Jones:

"Diolch i chi Tomos Williams am ddweud. Wnewch chi gadarnhau frodyr a chwiorydd eich bod yn cefnogi ein bod yn gofyn i'r cyfaill o'r De gymryd 'i le wrth yr organ. Wnewch chi ddangos yn y ffordd arferol..."

Cododd pawb eu dwylo.

"Diolch i chi, frodyr a chwiorydd. Rwy'n siŵr y bydd Miss Defis yn derbyn y penderfyniad gan ei bod hi yn y ffliw a'r niwmonia. Dowch ymlaen, gyfaill."

Cododd Ifan o'i sedd. Cafodd y gynulleidfa gyfle gwych i gael golwg ar y regalia. Y sane coch. Y sgidie petent. Y trowsus llwyd. Y crys gwyn. Y dei biws. A'r bleser nefi a'r bathodyn CSH, hynny yw, Clwb Shoni Hoi.

Cerddodd Ifan at yr organ fel bocsiwr hyderus yn camu i'r sgwâr. Eisteddodd ar y stôl â'r cwshin ffansi—cwshin Miss Defis. Cododd y caead. Tynnodd y stops allan. Caf-odd rhai ohonynt arddangos eu gwreiddiau am y tro cyntaf ers iddynt adael y ffatri bum mlynedd a deugain yn ôl. Trodd yr organydd ei wyneb at y gweinidog oedd ar ei draed yn y pulpud:

"Ga' i drei owt yn gynta'?"

"Cewch frawd, â chroeso."

Ymunionodd Ifan. Yr oedd ei gefn yn syth, a'i draed yn solet ar y pedals. Yn sydyn tasgodd y gerddoriaeth fawreddog allan o berfeddion yr organ. Neidiodd Mrs. Edwards yr Hafod yn ei sedd. Mae ei nerfau hi yn yfflon. Gwelwyd y corynnod a fu yn nythu y tu cefn i'r offeryn yn ffoi am eu heinioes i fyny dros y wal. Trodd y ferch ysgol at ei chyfeilles:

"Yffach, ma' hwn yn smashing. O! Boi."

" Be' ma' fe'n whare?"

"She'll be coming..."

Tawelodd yr organ. Cododd Mr. Jones ar ei draed i gyhoeddi emyn cyntaf y gwasanaeth.

"Gan mai cynulleidfa fach sy' wedi dod ynghyd y bore 'ma fe ganwn emyn cyfarwydd. Emyn pedwar cant, pum deg, a dau:

'Dyma gariad fel y moroedd,
Tosturiaethau fel y lli...'

Cyn i Mr. Jones gael cyfle i ddarllen y pennill cyntaf yn ei grynswth yn ôl ei arfer, agorwyd llifddorau'r organ a chododd y gynulleidfa yn sydyn fel pe bai rhyw syrjant mejor anweledig wedi rhoi gorchymyn iddynt. Cipiwyd Edwards yr Hafod gan y llifeiriant, ac ar ddiwedd yr emyn eisteddodd yn blwmp yng nghornel y sêt fawr wedi colli ei wynt yn llwyr.

Fe gafodd Mr. Jones hwyl anarferol arni yn ystod yr oedfa, ac aeth mor bell â dweud bod yr Arglwydd wedi arwain y cyfaill o'r Sowth i'w plith. A brysiodd yr addolwyr o'r capel i ddweud wrth eu teuluoedd a'u cymdogion am yr organydd rhyfedd mewn dillad lliwgar a ddaethai ar ei dro i Nant Gors Ddu.

Wrth yrru yn ei ôl i gyfeiriad y tir uchel meddyliai Ifan am y mwynhad a gafodd yn yr oedfa. Mae'n wir fod cannoedd yn gwrando arno yn y clwb bob wythnos ond yr oedd yr awyrgylch yn wahanol yn y Capel Bach. Rhyw deimlad ydoedd na fedrai geiriau meidrol ei ddisgrifio'n onest. Yn nyfnder ei enaid yr oedd rhywbeth yn taeru mai yn y capel yr oedd ei wir wreiddiau.

Meddyliau tra gwahanol oedd yn dod i Tomos wrth iddo gofio mewn cywilydd iddo weddïo ddeuddydd yn ôl am i'r Brenin Mawr daro Ifan â'r niwmonia i'w rwystro rhag dod i Nant Gors Ddu, a'r Brenin mawr yn dysgu gwers iddo pan gafodd Miss Defis y niwmonia, a hynny yn rhoi cyfle i Ifan, perthynas i Marged, i'w anfarwoli ei hun.

"Trwy ddirgel ffyrdd mae'r Arglwydd Iôr yn dwyn ei waith i ben," mwmialodd Tomos yn sŵn melys injan yr Astra.

"O'ch chi'n gweud rh'wbeth?" gofynnodd Ifan.

"Dim ond clebran â fi'n hunan," atebodd Tomos.

Cododd Marged y cinio poeth i'r bwrdd pan gyrhaeddodd yr Astra coch. Bu Tomos ac Ifan yn tin-droi o gwmpas cyn dod i'r tŷ. Gwaeddodd Marged o'r drws:

"Dowch ych dou neu fe fydd y cino'n oeri. Ma' fe ar y bwrdd yn barod."

Fel y daethent at y bwrdd safai Marged ger y tân yn arllwys y grefi i'r jwg.

"Shwd gwrdd gesoch chi?"

Adroddodd Tomos yr hanes syfrdanol. Arafodd llif y grefi. Eisteddodd Marged ar y sgiw, y jwg yn un llaw a'r sosban yn y llall, a'i dagrau yn twmblo i'r grefi. A'r cinio'n oeri ar y bwrdd.

Trannoeth, a hithau'n ddiwrnod golchi, ni wyddai Marged beth i'w wneud i ginio. Edrychodd Ifan ar yr ham, ac yr oedd hynny yn ddigon o awgrym... A'r dydd hwnnw yng nghegin Nant Gors Ddu bwytawyd sleisys o'r ham hyfrytaf a fwytawyd erioed, i ddathlu'r bore bythgofiadwy pan gafodd Ifan Sowth ei awr fawr. Y bore pan orfodwyd Edwards yr Hafod i newid ei laryncs o'r secynd i'r top gêr.

"Beth am dy golesto di?" gofynnodd Tomos i Ifan.

"Colestrol ych chi'n feddwl."

A chwarddodd y ddau yn iachus.

* * *

40

Y GYMANFA FOWR

Ers llawer blwyddyn bu Ifan Jones yn cynrychioli'r capel yn y Gymanfa Bregethu, neu'r Gymanfa Fowr. Roedd yr hen frawd yn ddigon gonest i gydnabod:

"Tri d'wrnod o holides, a bwyd a lojings am ddim."

Y llynedd, pan fu farw Ifan Jones, yr oedd Edwards y Bwtshwr yn fwy na pharod i gymryd ei le, am fod y Gymanfa yn y North. Nid bod gan Edwards gymaint â hynny o ddiddordeb ym mhwyllgorau a phregethau'r enwad, ond am fod fferm yng nghyffiniau'r pentref lle cynhelid y Gymanfa, nid yn unig yn enwog am ei gwartheg duon Cymreig, ond a berchenogid gan widw ddeniadol yr oedd Edwards wedi ei ffansïo. Pan fyddai'r Bwtshwr yn diflannu bob hyn a hyn, gan adael y siop yng ngofal ei wraig a'i fab, sibrydai rhywrai yn ddigon digywilydd: "Ma' fe wedi mynd i weld Widw'r Da Duon."

Gan fod y Gymanfa yn yr union ardal, byddai'n gyfle gwych i Edwards fynd yno yn rhith duwioldeb, a chael treulio tridiau yng nghwmni'r Widw, heb orfod chwilio am esgus dros ei absenoldeb. Ni freuddwydiai'r Bwtshwr fod Ianto'r Post wedi sôn am y sgandal wrth Hanna Jên, sy'n byw yn y tŷ yn ymyl y ciosc, ac ni chollodd honno fawr o amser yn hau yr had mewn tir da.

Curai calon Edwards yn gyflym pan gododd Mr. Jones y Gweinidog ar ei draed yn y sêt fawr ar ddiwedd yr oedfa nos Sul, i ofyn i'r eglwys ddewis olynydd i'r diweddar Ifan Jones i'w chynrychioli yn y Gymanfa Bregethu.

"Mae'n bleser mowr gen i gynnig Mr. Tomos Williams, Nant Gors Ddu," gwaeddodd Hanna Jên dros y capel.

Daeth llais main Bili Bach o gyfeiriad y ffenest:

"Ma'n bleser mowr gen i gynnig yr eiliad."

"Oes rhyw enw arall i'w roi gerbron?" gofynnodd Mr. Jones.

Nid oedd na llef na neb yn ateb. Daeth niwl dros lygaid y Bwtshwr. Ac i'r niwl hwnnw diflannodd Widw'r Da

Duon yn jiwels i gyd. Diflannodd hefyd y swper mawr o sirloin a Yorkshire Pwdin, a'r darten cyrens duon a'r hufen. Torrodd llais y Gweinidog ar ei fyfyrdodau.

"Ma' Mr. Tomos Williams wedi cael ei gynnig, a'i eilio. A wnewch chi gadarnhau yn y modd arferol?"

Cododd pawb eu dwylo ond y Bwtshiwr a'i wraig. Gwnaeth Edwards un ymdrech arall er mwyn iddo gael mynd i'r Gymanfa, neu yn hytrach un ymdrech derfynol iddo gael treulio tridiau o fewn cyrraedd agos i'r Widw. Cododd yn araf ar ei draed o gornel y sêt fawr.

"Fe fydde'r diweddar Ifan Jones bob amser yn rhoi hanes y Gymanfa i ni ar y nos Sul ganlynol. A yw Tomos Williams yn barod i wneud hynny?"

Edrychodd Tomos ar Marged. Edrychodd hithau ar y Gweinidog:

"Fe bryna' i gopi-bwc a beiro i Tomos Ni i roi'r hanes lawr."

Gwelodd Bili Bach gorryn yn dringo'r wal gydag ymyl y ffenest. Rhoddodd slap farwol iddo, a slap hefyd i freuddwydion y Bwtshwr. Yr oedd gan Bili Bach fwy o wybodaeth am gorryn nag am Gymanfa. Ni fuasai wedi eilio Tomos oni bai fod Hanna Jên wedi addo cydaid o facarŵns iddo. Ma' fe'n dwli ar facarŵns.

Ar ôl cael gair â Mr. Jones y Gweinidog y tu allan i'r capel, a chael ar ddeall ganddo ei fod yn pregethu yn y De yn ystod y Sul, ac na fyddai yn gyfleus iddo i fynd i'r Gymanfa, trodd Tomos a Marged eu hwynebau i gyfeiriad Nant Gors Ddu. Yr oedd Marged wrth ei bodd wrth feddwl am yr anrhydedd a ddaethai i Tomos.

"Fe ddylet ti fod yn falch heno, Tomos."

Taniodd Tomos fatsien i gael mygyn. Craciai'r crest yn y bibell fel sŵn eithin yn llosgi.

"Rwyt ti wedi ca'l tipyn o barch heno, cofia di. Fe fydde dy fam fach di wrth 'i bodd pe bydde hi byw."

Roedd ei fam wedi marw ers blynyddoedd.

"Ble ma'r Gymanfa Fowr 'ma?" gofynnodd Tomos yn ddiflas am na châi gwmni ei weinidog i fynd a dod.

"Lan yn y North 'rochor draw i Machynlleth."

"Ble ma' Machynlleth?"

"Lan yn y North o'war Aberystwyth."

"Odi hi'n saff i fynd mor bell?"

"Be' ti'n feddwl—odi hi'n saff? Pam wyt ti'n gofyn?"

"Dafi Gors Fach o'dd yn gweud fod yr antiseiclo yn bwrw lan sha'r North 'na. Ond do's dim dipends ar 'i weierles e—secynd hand yw hi."

Ni wyddai sut i deithio mor bell wrtho'i hunan. Un peth oedd codi dwylo i'w gymell i fynd, peth arall oedd 'molchi yn borcyn yn y twba o flaen y tân, torri gwinedd ei dra'd, cloi'r drws a thynnu cyrtens y gegin mla'n rhag ofn y byddai Leisa Gors Fawr, fisibodi, yn pipo drwy'r ffenest. Cysgu wedyn mewn tŷ dierth am ddwy noswaith, a falle codi yn y nos ar hast a cholli'r ffordd wrth geisio dod o hyd i'r bathrwm. Neu, beth pe bai byrglers yn torri miwn i'r tŷ, a Marged adre'i hunan fach? Ac yn waeth na hynny, Marged yn cael ei chidnapo, ac yntau yn gorfod gwerthu Nant Gors Ddu er mwyn codi arian i'w chael yn ôl. Dyna'r meddyliau oedd yn dod i Tomos cyn i Marged dynnu ei sylw:

"Rwyt ti'n dawel iawn, Tomos."

"O's raid i fi fynd gwed?"

"Wrth gwrs 'i fod e. Paid bod yn gymaint o fabi. Falle cei di dy 'neud yn fleinor y tro nesa'. Meddylia am y peth—ti, y dyn cynta' o Nant Gors Ddu i iste yn y sêt fowr. Fe fydd pawb yn edrych ar dy wegil a dy gefen bach di, ac yn gweud:

'Dein! Ma' hwnna wedi dod mla'n yn y byd.' "

"Do's dim diolch i fi. Fuodd Mam na Mam-gu ddim yn briod ariôd."

"Elli di ddim help am hynny. Falle fod dy dad bach di yn ddyn clefer, a thithe'n tynnu ar 'i ôl e."

"Ma'n rhaid 'i fod e'n glefer os nad o'dd Mam yn 'i nabod e."

Sylwodd Tomos ar y dagrau ar ruddiau Marged:

"Be' sy'n bod 'nawr?"

"Meddwl am ddyn bach cyffredin fel ti, heb dad na tha'cu, yn ca'l 'i ddewis i fynd lan i'r North i'r Gymanfa Fowr. Stica di 'nawr, i ti ga'l mynd i'r sêt fowr."

"Be' sy' mla'n 'da ti 'nawr?" holodd Tomos, a orweddai yn ei hyd ar y sgiw.

"Sgrifennu list o'r pethe fydd ise arnat ti i fynd i'r Gymanfa Fowr. Fe ewn ni i Aberystwyth i shopa fory. Ma' William Jones yn dod lan â'r tacsi erbyn deg."

Syrthiodd Tomos i gysgu, a bu'n rhaid i Marged ei ddeffro.

"Gwrando, Tomos. A gwed os odw i wedi gad'el rh'wbeth mas."

Darllenodd Marged yn ofalus, gan roi esboniad ar ôl pob eitem:

"COPI-BWC A BEIRO. Bydd yn rhaid i ti sgrifennu popeth fydd yn mynd mla'n, a wedyn nos Sul ar ôl y Gymanfa Fowr fe gei di roi'r hanes iddyn nhw yn y capel—a dyna ti wedyn ag un dro'd yn y sêt fowr."

"DOU BAR O SANE. Fe fydd dy dra'd yn whwsu wrth gerdded 'nôl a mla'n ar y pafin os na newidi di dy sane. Fe fydd y fenyw fach yn y tŷ lojings wedi rhoi dillad glân ar y gwely, a dwy i ddim am i'r fenyw drws nesa' iddi hi weld y dillad brwnt."

"DRÔNS A FEST. Cymanfa Fowr ne' bido ma' ise drôns a fest yn druenus arnat ti. Ma'n gas gweld y rhai sy' amdanat ti. Pe byddet ti'n ca'l acsident a mynd i'r hospital y fi fydde'n ca'l y bai."

"PÂR O SLIPERS."

"Dwy nosweth fydda' i o gatre. Rwyt ti Marged yn dechre mynd yn ddidoreth."

"Tomos, ma'n rhaid i ti ga'l pâr o slipers. Ei di ddim lan i'r stâr yn dy sgidie mewn tŷ dierth. Tynna di dy gôt i f'yta swper, a gwed wrth y wraig fach: "Plîs, ga' i fynd i 'mo'yn y slipers o'r cês?"

"CÊS 'wedest ti? Wyt ti am i fi gario cês fel trafeilwr hade carwe?"

"Ma'n dda i ti gofio. Fe fydd yn rhaid i ti gal cês i gario dy bethe, a bod yn deidi fel pawb arall. Ei di ddim â dy byjamas ym mhoced dy gôt fawr."

"Ma' cês dan y gwely ar y llofft, fenyw."

"Portmanto yw hwnnw, Tomos. Ei di ddim â hwnnw fel pe byddet ti'n mynd am fis o holides. Rhag ofan y byddan nhw'n gweud amdanat ti fel y gwedodd rhywun am y pregethwr bach 'ny, fod mwy yn 'i bortmanto nag o'dd yn 'i ben e."

Ceisiodd Marged feddwl am rywbeth arall a fyddai'n rhoi urddas ar Tomos:

"O ie! Ma' ise pibell newydd arnat ti."

"Marged fach, chei di ddim pibell o dan ugen punt."

"Pe bydde hi'n costi deugen punt ei di ddim â'r bibell ddrewllyd 'na i blith pobol barchus, neu ddaw neb yn agos atat ti. A fe bryna' i faco bach neis i ti."

Trannoeth yn Aberystwyth, prynodd Marged y copi-bwc a'r beiro. Dau bâr o sane. Drôns a fest. Slipers. Cês. A phibell nawpunt ar sêl. Cafwyd peth trwbwl gyda'r fest, ond chware teg i'r ferch ifanc ddibrofiad oedd wrth y cownter:

"Ma' Tomos Ni ise fest i fynd i'r Gymanfa Fowr. Fe sy'n ca'l mynd dros y capel yn lle Ifan Jones. Alle Ifan Jones ddim mynd 'leni, druan bach. Ma' fe wedi marw."

Nid oedd gan y ferch ddiddordeb mewn Cymanfa na chapel, ac ni wyddai hi fod Ifan Jones, pwy bynnag ydoedd, wedi marw. Daeth o hyd i string vest, yr un fath ag a wisgai ei chariad. Fe'i gosododd ar y cownter. Gafaelodd Marged ynddi a'i dal i fyny mewn syndod.

"Beth yw peth fel hyn?" gofynnodd i'r ferch gysglyd.

"String vest. Yr un peth â vest Paul," atebodd hithau yn swil.

Nesaodd Tomos at y cownter i gymryd rhan yn y drafodaeth:

"Wyddwn i ddim fod y postol Paul yn gwisgo fest. Dyw e ddim yn gweud hynny yn 'i bistole. Tawn i'n gwisgo honna fe fyddwn i fel gwiningen mewn rhwyd—a pheth arall i chi, ma' digon o dylle yn honna i rywun ga'l dwbwl niwmonia."

Brysiodd y fenyw oedrannus i achub y sefyllfa. Daeth hi ar draws fest wlanen â llewys hir, a dweud wrthynt efallai y gallent gael drôns yn y siop henffasiwn lawr yr hewl. A chafodd pawb eu bodloni.

Y nos cyn y Gymanfa Fowr gosodwyd y twba pren o flaen y tân, ac arllwyswyd dŵr berwedig a dŵr oer iddo ar ôl cloi'r drws a thynnu'r llenni dros ffenest y gegin, rhag ofn fod Leisa Gors Fawr yn prowlan o gwmpas. Gwisgodd Marged ei sbectol i dorri ewinedd ei draed er iddo duchan a phrotestio bod y siswrn yn beryglus, a manteisiodd Marged ar y cyfle i roi rhagor o gynghorion buddiol i Tomos sut y dylai ymddwyn oddi cartref:

"Gofala di na fyddi di'n smoco yn y tŷ lojings heb ofyn am bermishon. Os bydd y gŵr yn smoco fe elli dithe 'neud yr un peth."

"Beth os na fydd gŵr gyda hi?"

Ni chymerodd Marged arni ei bod wedi ei glywed. Daliai hi i bregethu:

"Os ei di lan i'r llofft a gweld drws y bathrwm ar gau, aros ar ben y stâr nes bydd rhywun wedi'i agor e. Os bydd y drws ar agor cer miwn ar ras, a gofala gloi ar dy ôl."

"Beth os bydda' i'n ffeili agor y drws?"

"Tomos bach, paid mynd o fla'n gofid. Rho sgriwdreifer yn dy gês. Fe ddoi di mas rywfodd wedyn."

Yr oedd rhagor o gynghorion i ddod:

"Os byddan nhw'n gofyn i ti 'weud gras cyn bwyd, diolcha am bopeth sy' ar y bwrdd. Diolcha am y bara menyn a'r caws. Enwa bopeth. Fe fydd hynny'n rh'wbeth newydd."

"Shwd medra' i weld popeth sy' ar y bwrdd a'n llyged ar gau?"

"Cadw un llygad ar agor, a gweddïa â'r llall."

"Beth os bydd rh'wbeth i fyta a finne ddim yn gw'bod beth yw e?"

"Wel gwêd r'wbeth fel hyn: "Diolch i Ti, Arglwydd, am y pethe dirgel sy' ar y bwrdd."

"Wyt ti'n cofio Mr. Ifans, Biwla, yn diolch am y sbynj o'dd Leisa Gors Fowr wedi hela draw? Fe ddiolchodd Mr. Ifans amdani er 'i bod hi mor fflat â phancosen. Dyna bregethwr bach neis yw e."

Cofiodd Marged fod y cynrychiolwyr yn cael te yn y Gymanfa Fowr.

"A phaid gweud hen bethe dwl wrth y mynwod fydd yn tendio yn y festri. Gofala di am dy garitor, ofalith neb arall."

Am naw o'r gloch bore trannoeth yr oedd Tomos wedi cael ei roi'n barod i ddal y *bus*. Yr oedd yn fore heulog braf, a'r adar yn canu yn fendigedig i lawr yn y cwm.

"Ma'n well i fi fynd 'nawr, Marged. Os gweli di dramp yn dod at y tŷ cloia'r drws, a cher lan i'r llofft i gwato dan gwely."

"Cer, neu fe golli di'r bus."

"Rwy'n mynd 'nawr. Gad i'r ast gysgu yn y tŷ heno. Clyma hi'n sownd wrth bost y gwely. Os nad yw hi'n cnoi fe gyfarthith. Alseshan ddyle fod 'ma."

"Cer, Tomos bach."

Oedodd Tomos ar y trothwy. Syllodd yr ast i'w lygaid. Yr oedd hiraeth arno.

"Pwy feddyliodd am Gymanfa? Ro'dd ise clymu'i ben e. Tynnu pobol o gatre, a g'neud iddyn nhw gysgu mewn lle dierth. A falle ca'l gwely damp."

"Cer, Tomos, neu rwyt ti'n siŵr o golli'r bus."

"Gwd-bei Marged fach. Gobeithio bydda' i'n dod nôl yn fyw."

Ymsythodd Tomos yn ddewr fel milwr yn mynd i ryfel, a'r cês newydd yn disgleirio yn haul y bore. Yr oedd yr ast wrth ei sodlau. Trodd yntau i'w chyfarch:

"Cer nôl, Fflei fach. A diolcha dy fod ti yn ca'l cysgu gatre."

Deallodd yr ast. Cyn diflannu i'r cwm edrychodd Tomos yn ei ôl, a gwelai Marged yn sefyll wrth dalcen y tŷ. Cododd ei law arni. Chwifiodd hithau ei ffedog wrth ei weld yn mynd o'r golwg. Ni wnaeth ond dal y bus.

Dechreuodd siarad ag ef ei hun. Yr oedd yn cofio cyfarwyddiadau Wil Soffi:

"Disgyn o'r bus yn Aberystwyth. Mynd miwn i'r bus sy' â MACHYNLLETH ar ei dalcen. Lawr o hwnnw wedyn, a mynd miwn i'r bus sy'n gweud I'R GYMANFA. Gwell i fi 'weud hwnna 'to: Disgyn o'r bus yn Aberystwyth. Mynd miwn i'r bus sy' â MACHYNLLETH ar 'i dalcen e. Lawr o hwnnw wedyn, a mynd miwn i'r bus sy'n gweud I'R GYMANFA."

Yn Aberystwyth gwelodd Tomos y dyn eiddil ar bwys ei ffon yn hercian i ddal bus Machynlleth, a llwyddodd i gyrraedd o'i flaen. Yr oedd yntau hefyd yn cario cês, a golwg Cymanfa arno. Eisteddodd y tu ôl i Tomos. Plygodd ymlaen:

"Ych chi, frawd, yn mynd i'r Gymanfa?"

"Odw," meddai Tomos, yn falch fod rhywun yn mynd i'r un cyfeiriad ag e.

Cododd y dyn dierth i roi ei gês ar y rac, ac aeth i eistedd yn ymyl Tomos. Symudodd Tomos yn nes at y ffenest a chofleidio'r cês yn ei gôl wrth gofio cyngor Marged am iddo fod yn ofalus rhag ofn fod lladron o gwmpas.

"Dowch â'r cês i fi," meddai'r dyn dierth.

"I beth?" gofynnodd Tomos yn amheus.

"I roi fe ar y rac. Bydd mwy o le i chi wedyn."

Ildiodd Tomos ei gês oedd yn cynnwys ei offer shafo, ei slipers, ei sane newydd, a'r pyjamas a brynasai Marged iddo i fynd i'r hospital fisoedd yn ôl. Yr oedd y dyn dierth yn siaradus iawn:

"Benjamin Lloyd, cynrychiolydd Smyrna ydw i. Blaenor yn eglwys y Parch. Jeremy Lewis. Dyna i chi bregethwr trwm."

"Fe fuodd gyda ni bregethwr llynedd. Ro'dd e ar 'i holides yn Aberystwyth. Fe 'wedodd rhywun 'i fod e'n ugen stôn, ond o'dd e'n b'yta fowr. Fe 'na'th gwraig y tŷ capel 'co lwyth o gino ar 'i gyfer ar ôl iddi weld e, ond o'dd e ddim amdano fe. Ro'dd yn rhaid iddo fe ga'l rhyw ffrwcsach o letys a chiwcymbers. Ma' nhw'n rhoi artiffishal bechingalw yn y rheiny i ladd pryfed, a fe 'wedwn i mai dyna sy'n 'i besgi fe. Dim cig, dim pwdin, dim menyn, dim bara gwyn. Ro'dd e wedi dod â lla'th sgim gydag e."

"Shwd bregethwr o'dd e?"

"Anodd gweud, wa'th do'dd neb yn 'i ddiall e."

"Beth yw'ch enw chi, frawd?"

"Tomos Williams. Fe ges i'n hela lan dros y Capel Bach."

"Wel ie, ma' 'na le i gapeli bach. Ma' gyda ni Fanc Manijer a dou athro coleg yn y sêt fowr yn Smyrna, a ma'n rhaid i ni ga'l pregethwr da."

"Ma' gyda ninne fwtshwr yn y sêt fowr. Ma' Mr. Jones ni yn ca'l digon o gig, a ma' cig ar 'i bregethe hefyd."

Mentrodd cynrychiolydd Smyrna i gyfeiriad arall. Yr oedd am wybod cyflwr yr Achos a gynrychiolid gan Tomos:

"Gwedwch, Tomos Williams, beth yw cyflwr y praidd gyda chi'r dyddie hyn?"

"Eitha da Mr. Lloyd. Dim ond rhyw ddeugen dafad, a phymtheg ar hugen o wyn sy' yn Nant Gors Ddu 'co, a rwy'n lwcus iawn i ga'l benthyg hwrdd bob blwyddyn gan Edwards yr Hafod. Ma' nhw'n hyrddod proffidiol."

Esgynnodd gweinidog tenau mewn coler ci i'r bus. Dywedodd rywbeth yng nghlust Lloyd wrth fynd heibio.

"'Sgusodwch fi Mr. Williams. Ma'r gweinidog dda'th lan i'r bus 'nawr a finne ar y Pwyllgor Dirwest, a rŷn ni am drafod mater neu ddou sy'n weddol bwysig."

"Cer," mwmialod Tomos o dan ei wynt wrth iddo golli ei gyfaill chwarter awr. Tynnodd ei bibell a'i faco o'i boced i gael mygyn. Edrychodd y fenyw dew a eisteddai gyferbyn ag ef yn gas arno. Pwyntiodd ei bys at ben blaen y bus:

"Can't you read that notice? NO SMOKING."

Ysgydwodd Tomos ei ben. Siaradai ag ef ei hun:

"Do'dd dim rhaid i honna edrych fel cannibal yn barod i m'yta i."

Cawsai'r sedd iddo efe 'i hun. Erbyn hyn nid oedd yn gofidio am gyrraedd pen y daith yn ddiogel. Nid oedd ganddo ond dilyn y gŵr cloff o Smyrna o un bus i'r llall wedi cyrraedd Machynlleth, ac ni fyddai hynny'n anodd. A hynny a fu.

Yr oedd byrddau festri eang y capel lle cynhelid y Gym-anfa yn llwythog o fwydydd o bob math na welsai Tomos eu tebyg erioed, a rhesi o flodau yn addurno pob bwrdd a ffenest. Ymwthiodd ymlaen i gael lle i eistedd heb fod ymhell oddi wrth y wraig serchog oedd yno'n barod i arllwys y te cyn bo hir, gan ei fod bron tagu o syched. Yr oedd hefyd yn union gyferbyn â'r plateidiau mawr o fara brown a chaws. Fe'i cyfarchwyd gan y fenyw a eisteddai yn ei ymyl:

"On'd ydi'r bloda' 'ma'n hardd?"

"Ma' nhw," atebodd yntau, gan wthio'i gês o dan y bwrdd. "Ond dim ond gafar sy'n b'yta blode."

Ni chafodd y fenyw gyfle i roi ateb iddo am fod rhywun wedi codi ar ei draed i ofyn bendith. A chyn i Tomos grafangu am y darn mwyaf o gaws oedd ar y plât oedd o'i flaen, yr oedd gweinidog yr eglwys yn cyflwyno rhoddwyr y Te Croeso, ac yn canmol eu haelioni. O'r diwedd daeth y seboni i ben a bwriodd pawb ati i glirio'r byrddau. Problem annisgwyl Tomos oedd y te poeth, ac yntau yn sychedig fel ych ar sychdwr; felly nid oedd dim amdani ond arllwys ei de i'r soser a drachtio'n swnllyd ohoni er mawr embaras i'r rhai oedd o'i gwmpas.

Disgwyliai Lloyd Smyrna, aelod o'r Pwyllgor Dirwest, amdano y tu allan i'r festri, ac yr oedd yn amlwg fod rhywbeth difrifol yn ei flino. Gafaelodd ym mraich Tomos a mynd ag ef o'r neilltu:

"Gwrand'wch frawd. G'newch gymwynas â fi. Ma' dau ohonon ni yn aros yn y tŷ cownsil lawr fan'na, a do's dim lle i droi 'na. Rwy'n diall ych bod chi'n aros gyda Mrs. Gaffer Jones, Ystrad Meillion, mewn plas o dŷ ffarm. Ma' sôn am y lle, ac fe gewch chi le da a digonedd o fwyd. Ry'ch chi'n lwcus iawn yn ca'l y lle i chi'ch hunan." Winciodd Lloyd, a sibrydodd yng nghlust Tomos:

"A glased o sherri cyn mynd i'r gwely. Gofynnwch i Mrs. Gaffer Jones a o's lle i fi. Dyco hi fan'co yn y costiwm du a'r flowsen wen."

"Os ych chi ar y Pwyllgor Dirwest fe fydd yn well i chi aros lle'r ych chi," meddai Tomos wrth fynd i gael golwg at y capel. Gosododd ei gês i lawr er mwyn tanio'i bibell.

"Dowch â'r cês i fi, fe a' i ag e i 'stafell y blaenoriaid," meddai llais o'r tu ôl iddo. Neidiodd Tomos i afael yn ei gês. Wyddoch chi ddim pwy yw pwy hyd yn oed mewn Cymanfa Bregethu.

Hanner awr cyn yr oedfa eisteddodd Tomos â'r cês ar ffrynt y galeri, ac fel yr oedd y capel yn llenwi'n gyflym gwnaed ymdrech i fynd â'i gês oddi arno, ond daliodd Tomos ei afael yn dynn ynddo fel daeargi, er difyrrwch i bawb.

Rhyw athro coleg oedd i annerch. Cofiodd Tomos fod Marged wedi prynu copi-bwc a beiro er mwyn iddo roi adroddiad manwl o'r Gymanfa Fowr, ond yr oedd y copi-bwc a'r beiro yn y cês, a'r allwedd yn rhywle yn un o'i bocedi. Cododd Tomos ar ei draed i chwilio'i bocedi, a manteisiodd y dyn oedd yn eistedd yn ei ymyl ar ei gyfle i roi'r cês ar y llawr a symud yn slei o'r wasgfa i'r lle gwag.

"Ddyn gwirion, pam na ddodwch chi'r câs ar ych glinia' a'i fwytho fo?" meddai'r Gogleddwr yn y gwres llethol.

Ni wyddai Tomos beth oedd 'câs' na 'mwytho', ond eisteddodd wedi dod o hyd i'r allwedd, ac ar ôl agor y cês gwelodd fod Marged wedi stwffio'r copi-bwc a'r beiro yn rhywle o dan y sane, a'r slipers, a'r pyjamas. Yr oedd y llygaid a edrychai arno o'r dde a'r aswy ac o'r seddau uwchlaw iddo yn cymryd mwy o ddiddordeb yn y gwaith ymchwil oedd yn fwy diddorol na ffrwyth gwaith ymchwil diwinyddol yr athro yn y pulpud. Ymdawelodd yr athro am na fedrai gystadlu â Tomos, ac aeth yn ei flaen wedi i'r perfformans ddod i ben. Wedi'r holl ffwdan, dalen wâg oedd gan Tomos yn y copi-bwc.

Wedi'r oedfa, yr oedd y cerbyd mawreddog o flaen y festri yn disgwyl am Tomos, ac Ysgrifennydd y Pwyllgor Llety bron mynd yn wallgo' wrth chwilio amdano. Edrychodd i'r toiledau, a'r festri a llawr y capel, yna clywodd sŵn rhywun ar y galeri a rhedodd i fyny'r grisiau.

"Chi ydi Tomos Williams?"

"Ie, pam ych chi'n gofyn?"

"Dowch ddyn, ma' Mrs. Gaffer Jones yn disgw'l amdanoch chi."

"Fe ddo' i 'nawr ar ôl ca'l y pyjamas ma' i'r cês. R'odd raid i Marged Ni stwffio'r holl drugaredda' ma' i le mor fach. Ddalith dim byd mwy na'i lond. Pwy ga' i 'weud ych chi?"

"Fi yw Ysgrifennydd y Pwyllgor Llety."

"Ro'wn i'n meddwl. Gormod o bwyllgore sy' 'da chi. Ma' Dog Treials 'da ni yn Sir 'Barteifi 'co a dim ond whech sy' ar y Comiti. Ma' un comiti da yn well na hanner dwsin o rai pwysig."

Gafaelodd Jones y Banc, Ysgrifennydd y Pwyllgor Llety, yn y cês oedd heb ei gau a rhuthrodd ag ef o dan ei fraich i lawr y grisiau. Brysiodd Tomos ar ei ôl. Yr oedd y cês wedi costio tair punt ar ddeg, a thalodd Marged naw punt am y slipers.

Gosodwyd Tomos a'r cês, oedd wedi ei gau erbyn hyn, yn sedd flaen y BMW, ac wedi llawer o drafferth rhoddwyd y belt yn ddiogel am gorff Tomos. Yr oedd cynrychiolydd Smyrna yn sefyllian o gwmpas yn awyddus iawn am gael aros yn Ystrad Meillion dros y Gymanfa, a phan symudodd y BMW yn esmwyth tuag adre cododd Tomos ei law gan adael Benjamin Lloyd yn edrych yn ddiflas ar eu hôl fel ci wedi colli ei asgwrn mewn ffeit.

Yr oedd Tomos wrth ei fodd pan ddeallodd fod Mrs. Gaffer Jones hefyd yn dod o sir Aberteifi, ac yn ferch ffarm. Wedyn fe aeth i nyrsio i'r C and A ym Mangor lle cwrddodd hi â'r 'gaffer'.

"Dyna beth od. Fe gath Marged Ni ddillad priodas yn y C and A yn Abartawe."

Gwenodd Mrs. Olwen Gaffer Jones. Yr oedd ei lletywr yn gymeriad. Ni fuont yn hir cyn cyrraedd y tŷ mawr o frics coch a gwyn, a'r tai allan fel pentre o'i gwmpas. Arafodd y car wrth droi i fyny'r dreif. Yr oedd clwyd enfawr o'u blaen ac 'Ystrad Meillion' arno.

"Fe a' i mas i agor y gât."

Cyn iddo orffen y frawddeg, agorodd y gât ddwbwl ohoni ei hun.

"Syniad y gŵr o'dd hwn," meddai hi.

Synnodd yntau. Meddyliodd am Marged yn cael trafferth i agor drws y twlc a bwced bwyd y mochyn yn ei llaw. Dyna'r union gajet i agor drws y twlc. Stopiodd y car o flaen y drws mawr.

"Odi'r cŵn yn saff?"

"Cŵn siment y'n nhw," eglurodd ei westywraig.

Dilynodd Tomos hi i'r tŷ. Ac i'r lownj oedd yn fwy na chae lloi Nant Gors Ddu. Suddodd ar ei eistedd i blith y clustogau ar y soffa a'i gês yn ei gôl. Yr oedd yn cofio cyngor Marged iddo:

"Fe fydde'n well i fi wisgo'n slipers."

Synnodd Mrs. Gaffer Jones at fanyrs y dyn bach o sir Aberteifi. Agorodd y cês. Daeth o hyd i sliper. Dim sôn am y llall. Arllwysodd y trugareddau i'r carped. Yr oedd sliper ar goll. Roedd yn siŵr fod y ddwy gydag e ar y galeri.

"Beth o'dd enw'r boi 'na dda'th â fi i'r car?"

"Mr. Jones, cashier y banc."

"Odi fe'n saff i w'itho mewn banc?"

"Be' chi'n feddwl, Mr. Williams?"

"Ma' fe wedi mynd â'n sliperen i. Do'dd e ddim yn ddigon call i fynd â'r ddwy."

Roedd Mrs. Gaffer Jones yn siwr ei meddwl ei fod wedi ei cholli ar y galeri, ac addawodd ffonio'r gweinidog, er bod gan hwnnw bedwar gweinidog yn aros yn y Mans dros y Gymanfa.

"Pidwch hidio, Mr. Williams. Fe gewch chi fenthyg slipers y gŵr."

"Be' neith e wedyn?"

54

"Ma'r gaffer wedi marw ers dwy flynedd. Dyco'i lun e ar y piano."

Edrychodd Tomos arno mewn cydymdeimlad. Dyn cydnerth mewn dillad brethyn. Het fowler ar ei ben. A rosette fawr yn lapel ei gôt.

"Dyna'i lun e pan o'dd e'n beirniadu yn sir Fôn."

"Beth o'dd e'n farnu—canu ne' adrodd?"

"Nage. Welsh Blacks. Fynnwch lased bach o whisgi cyn swper?"

"Plîs."

"Dyma ni. Ro'dd y gaffer yn cymryd whisgi bob nos cyn mynd i'r gwely. Ro'dd e'n teimlo 'i fod e'n g'neud byd o les iddo fe."

Nid atebodd Tomos. Dim ond edrych ar lun y gaffer, ac ar y whisgi oedd yn ei law. Nid oedd cystal blas ar y whisgi bellach. Ond gwell ei yfed er mwyn cael diwedd arno. Teimlai'n hapus a chartrefol. Syllodd ar lun y ddwy fuwch ddu ar y wal uwchben y piano. Roedd yn siŵr mai un oedd yno pan eisteddodd ar y soffa ryw chwarter awr yn ôl. Edrychodd wedyn ar lun y gaffer. Yr oedd gaffer arall yn ei ymyl erbyn hyn.

"Fe fydd yn well i fi ddangos y bedrwm i chi cyn swper."

Gafaelodd yn ei gês, a rhoi help iddo i godi o ddyfnder diwaelod y soffa. Dilynodd Tomos hi. Yr oedd slipers y gaffer yn troi ei draed i bob cyfeiriad. I fyny'r grisiau yn ara' bach. Troi ar y landin.

"Byddwch yn ofalus. Ma'r bloc fflôr 'ma'n llithrig. Dyma ni." Gafaelodd yn ei fraich.

Gyferbyn â'r bathrwm yr oedd ystafell wely Tomos.

"Handi iawn, gyferbyn â'r bathrwm," meddai, wrth edmygu'r gwely oedd yn ddigon mawr i bedwar. "Ma'n well i fi fynd i'r bathrwm."

"Ie. Fe a' inne lawr i baratoi swper."

Rhwyfodd Tomos i gyfeiriad y bathrwm, ac wedi cyrraedd clodd y drws yn amheus.

Ychydig yn ddiweddarach, pan oedd Mrs. Gaffer Jones yn cludo'r salad o'r gegin i'r ystafell fwyta clywodd sŵn fel pe bai rhywbeth yn syrthio ar y llofft. Rhoddodd y salad ar y bwrdd a gwaeddodd ar waelod y grisiau:

"Ych chi'n iawn, Mr. Williams?"

Ond ni ddaeth ateb o gyfeiriad y llofft a gwelodd Tomos yn gorwedd yn ei hyd y tu allan i ddrws y bathrwm, yn yr union fan ag y daeth o hyd i'w gŵr ddwy flynedd yn ôl.

Rhwng un a dau o'r gloch prynhawn trannoeth yr oedd Hanna Jên, sy'n byw yn y tŷ yn ymyl y ciosc, yn cribo'i gwallt yn y ciosc gan ei bod yn fwy golau yno nag yn y tŷ, pan glywodd sŵn car yn dod i fyny'r hewl. Rhedodd i guddio y tu ôl i'r berth fel y gallai weld yn gliriach o'r fan honno, a chanfu Edwards y Bwtshwr yn mynd heibio yn ei gerbyd, a Tomos Nant Gors Ddu yn eistedd yn ei ymyl. Sylwodd hefyd fod wyneb Tomos fel y galchen o wyn.

Yr oedd Hanna Jên mewn penbleth. Ni fedrai esbonio'r dirgelwch. Fe wyddai hi fod Tomos wedi dal y bus yn y bore bach y diwrnod cynt i fynd i'r Gymanfa Fowr yn "rh'wle yn North Wêls". Fe wyddai hefyd fod Edwards y Bwtshwr wedi cael siom am na chafodd e fynd i gynrychioli'r Capel Bach, neu yn hytrach er mwyn cael cwmni Widw'r Da Duon am dridiau. Dechreuodd amau yr hyn a welodd, ond nid oedd wedi yfed dim byd yn gryfach na the ers wythnosau.

Cofiodd wedyn nad oedd wedi gweld Marged ers dyddiau. Beth os oedd hi wedi marw? Dyna pam yr oedd Tomos druan yn edrych fel y galchen. Mae'n dda nad aethai hi i fyny prynhawn ddoe fel y bwriadodd a dod o hyd iddi ar lawr y gegin, neu allan yn ymyl y tŷ, a'i holl ffwdan wedyn i ymddangos yn yr incwest i roi efidens a'i Saesneg hi mor wael. Aeth i'r tŷ i olchi blaen ei thrwyn, a newid ychydig i fod yn ddigon gweddus i fynd i dŷ galar. Edrychodd allan drwy'r ffenest a gwelodd Edwards y Bwtshwr yn dychwelyd yn ei gar. Pam oedd y dyn yn edrych mor hapus os oedd yn dod o ganol profedig'eth?

Tynnodd Hanna Jên y beic allan o'r shed gerfydd ei gyrn. Neidiodd ar ei gefn, a phedlo fel ffŵl i gyfeiriad Nant Gors Ddu. Yr oedd yn arfer pedlo hyd at ddrws y tŷ, ond heddiw disgynnodd oddi ar y beic a cherdded rhyw gan-llath o barch i'r ymadawedig. A synnodd am nad oedd y bleinds wedi eu tynnu ymlaen. Cnociodd yn ysgafn ar y drws, cyn ei agor yn araf, a bu bron iddi hithau syrthio i'r llawr pan glywodd lais Marged yn gweiddi:

"Dere miwn, Hanna Jên." Yr oedd rhywbeth yn oer-aidd yn y peth.

Gwelodd Hanna Jên fod Tomos yn gorwedd yn ei hyd yn ei gadair, a'i droed mewn bandej yn gorffwys ar y stôl odro. Eisteddodd Hanna Jên ar y sgiw i wrando stori Marged:

"Fe gath Tomos hen acsident gas. Fe sigodd 'i bigwrn. Fe a'th y widw fach ag e adre yn y car mowr posh, a ro'dd dwy gât o flaen y tŷ ffarm yn agor 'u hunen, a dou gi sim-ent bob ochr i'r drws. Fe gath Tomos Ni iste yn y lownj, a fe ddoth hi â chwpaned o de iddo fe."

Yr oedd Hanna Jên yn gwrando â'i cheg ar agor nes ei bod yn driflo.

"Ro'dd y widw fach wedi claddu'i gŵr os dwy flynedd. Ond ta beth i ti, fe a'th â Tomos Ni lan i'r llofft i ddangos y bathrwm a'r bedrwm iddo fe. Dyna i ti wely crand, ro'dd e'n ddigon mowr i bedwar. Fe dda'th Tomos mas o'r bathrwm a fe gododd 'i ddwy dro'd odano fe nes 'i fod e ar asgwrn 'i gefen."

"Ble ro'dd y widw?" gofynnodd Hanna Jên.

"Lawr yn y citshin yn gwneud swper iddi hi a Tomos. Fe redodd lan i'r llofft. Lwcus 'i bod hi wedi bod yn nyrs. Fe gariodd hi Tomos at y gwely, a rhoi bandej ar 'i bigwrn bach e. Fe gath swper yn y gwely ar ôl iddi helpu fe i wisgo'i byjamas bach. A thrw' lwc roedd Edwards y Bwtshwr yn digwydd bod yn y North bore heddi..."

Edwards hefyd ddaeth â'r sliperen adre ymhen rhyw wythnos. Yr oedd Marged yn ddiolchgar iawn iddo:

"Fe gewch chi fynd i'r Gymanfa Fowr yn y Sowth y flwyddyn nesa'."

Ond nid oedd gan Edwards ronyn o ddiddordeb mewn cymanfa yn y Sowth.

*　*　*

CADW PREGETHWYR

Cerddai Tomos a Marged Nant Gors Ddu, Leisa Gors Fawr a Sara Gors Ganol adre o'r Cwrdd Whech dros lwybyr y fawnog, fel tair dafad yn dilyn hwrdd. Yr oeddent yn hwyrach nag arfer am fod y Tabernacl yn y dre, oedd yn derbyn Sasiwn y Gwanwyn, wedi anfon gair ar y funud olaf i ymbil ar eglwysi'r cylch i roi lletty i rai o'r cynrychiolwyr.

"Fe gymra' i ddou weinidog bach teidi," meddai Marged.

Gwrthododd Leisa Gors Fawr gymryd hyd yn oed un pregethwr, gan mai hen ferch oedd hi yn byw ar ei phen ei hun, rhag ofn i bobl siarad. Ni ofynnodd neb i Sara Gors Ganol, er iddi gyhoeddi yn bendant, chware teg iddi, y byddai yn ddigon bodlon cysgu ar y soffa er mwyn i'r lojer gael ei gwely hi.

Wedi cyrraedd adre bu Tomos yn meddwl yn ddifrifol am y sefyllfa:

"Wyt ti Marged yn meddwl dy fod ti wedi g'neud tro call?"

"Pam wyt ti'n gofyn? Fe fydd y ddou yn gwmni bach neis. A falle byddan nhw'n help i ni i fynd i'r Nefo'dd."

"Dwy' i ddim yn ame. Ond cofia di, ma' nhw'n b'yta fel eliffants."

"Fe ga' nhw ddigon o fwyd, Tomos. Glywest ti Mr. Jones y gweinidog yn gweud na welwn ni ddim eise dim wrth borthi gweision yr Arglwydd?"

"Wyt ti'n shwr ma' 'porthi' 'wedodd e, dim 'pesgi'? A pheth arall i ti—ble ma' nhw'n mynd i gysgu?"

"Fe ga' nhw'n gwely ni'n dou yn y parlwr, a fe ewn ninne i gysgu i'r llofft. Fe fydd y ddou fach wrth 'u bodde."

"Gad dy ddwli. Rwy' wedi arfer â'r gwely plu yn y parlwr. Ma'r gwely matras ar y llofft fel bwndel o pigweier. Bob tro bydda' i'n troi rwy' fel jac y jwmper yn corco lan a lawr.''

Bore trannoeth, glaniodd Hanna Jên, sy'n byw yn y tŷ ar bwys y ciosc teliffon, ar gefn ei beic ar ffald Nant Gors Ddu, nes bod yr ieir yn tasgu o gwmpas fel cawod o eira ar wynt mawr. Rhuthrodd Tomos allan ar hanner shafo a'r raser yn ei law. Safodd Marged yn pwyso ar y drws, yn pletio'i ffedog yn barod i wylo wedi iddi gael y newyddion drwg. Gwaeddodd Tomos yn wyllt:

"Be' sy'n bod, Hanna Jên? Pwy sy' wedi marw?''

Safodd Hanna Jên i gael ei hanadl. Hyrddiodd ei beic rhydlyd i bwyso ar y clawdd. Sychodd ei chwys â'i llawes:

"Neb wedi marw, Tomos Williams. Ond ma' gen i bad niws i chi. Feri bad niws indîd. Ma' Jones gweinidog wedi ffon'o. Ma'r ddou bregethwr sy'n aros 'ma yn gofyn am bobo wely. Ma' asthma ar un, a ma'r llall yn gorfod codi yn y nos.''

Gollyngodd Marged gornel ei ffedog o'i llaw. Nid oedd angen iddi lefen ar ôl perthynas pell. Aeth i'r tŷ i baratoi brecwast i Hanna Jên.

"Dere at y bwrdd, Hanna Jên. Helpa dy hunan. Rwy'n fisi iawn.''

Torrodd Hanna Jên gwlffyn o gaws. Torrodd gwlffyn arall a'i wthio yn slei i'w phoced er mwyn ei fwyta ar ei ffordd adre. Gan nad oedd neb o gwmpas y gegin cym'rodd ei hamser i yfed pedwar cwpaned o de. Gwaeddodd ei bod yn mynd, ond ni chlywodd neb hi.

Yr oedd Marged mewn penbleth. Nid oedd ganddi ond dau wely, ac yr oedd angen tri, un iddi hi a Tomos, un i'r pregethwr â'r asthma, ac un i'r pregethwr oedd yn cael ei boeni gan y dŵr. Daeth Leisa Gors Fawr o rywle. Edrychodd ar y bwrdd. Yr oedd y ddysgl fenyn yn wag, a chrystyn torth a darn o gaws, digon i'w roi mewn trap llygoden, yn ei hymyl.

"Rwyt ti Marged yn dawel iawn,'' meddai Leisa.

"Ma' gen i hen broblem fach. Ma'r ddou bregethwr ise bobo wely, a dim ond dou wely sy' 'ma."

"Paid becso. Fe gei di fencid gwely gen i. Ma' tylle yn 'i dalcen e, ond fe ro' i dipyn o bolish arno fe ac fe fydd fel newydd wedyn."

"Rwyt ti Leisa'n garedig iawn."

"Paid sôn. Ry' ni fod i helpu'n gilydd."

Bu raid newid y trefniadau. Y cynllun gwreiddiol oedd i'r ddau bregethwr fynd i'r gwely plu yn y parlwr, ac i Tomos a Marged gysgu yn y gwely matras ar y llofft. Felly penderfynwyd bod Tomos a Marged yn cadw eu gwely plu, y pregethwr â'r asthma i gael y gwely matras, a'r llall oedd yn cael ei boeni nes codi yn y nos i fynd i wely Leisa yn y rwm uwchben y parlwr, er bod hynny yn dipyn o risc, gan mai gwely benthyg oedd e.

Yn ystod y prynhawn bythgofiadwy hwnnw cafodd gwely pren Leisa Gors Fawr brofi tipyn o awyr iach am y tro cyntaf ers deugain mlynedd. Cludwyd y ffrâm bob yn ddarn yn ddigon hwylus ar draws y weun i Nant Gors Ddu. Bu tipyn o helynt gyda'r gwely plu, ond wedi hir ymdrech fe'i cafwyd yn weddol drefnus ar gefn Tomos. Y peth tebyc-af a welsoch erioed i gwmwl llwyd yn croesi'r gors ar ddwy goes let'with mewn pâr o wellingtons. Yn sydyn dechreu-odd y cwmwl ddawnsio'n wallgof cyn disgyn yn ddiseremoni i ganol y brwyn, a Tomos yn datod ei wasgod a'i grys.

"Be' sy'n bod 'nawr, Tomos bach?" gwaeddodd Marged wrth weld yr annibendod.

"Whannen."

"Rwyt ti fel babi. Cwyd y gwely plu o'r glyborwch 'na, neu fe fydd y pregethwr bach yn shwr o ga'l niwmonia."

"Ma'n well iddo fe ga'l niwmonia na cha'l 'i f'yta'n fyw gan whein."

Wedi llawer o ochen a chwyno aeth y clorwth ymlaen ar ei daith. Ar ôl cyrraedd y drws gallech dyngu eich bod yn gweld pen-ôl eliffant yn diflannu o dan y cwmwl i dywyllwch y gegin.

Bu strygl galed ar y stâr gul. Tomos yn plygu o'r uchelion wrth ymestyn i dynnu'r llwyth afrwydd i fyny'r grisiau, a Marged yn chwys drabŵd a'i hysgwydd o dano.

"Hwpa, fenyw! Ddaw e byth lan 'i hunan. Gofyn i Leisa dy helpu di."

"Do's dim lle i ni'n dwy ar y stâr."

O'r diwedd, wedi llawer o dychan, caed y gwely plu i'r landin. Gorweddodd Tomos arno i gael seibiant:

"Pwy mor amal ma'r Sashwn yn dod ffor' hyn?"

"Bob rhyw ugen mlynedd."

"Diolch byth na fydda' i ddim byw i weld y nesa'!"

A phoerodd ar ddamwain i ganol y gwely plu.

Wedi diwrnod helbulus, eisteddai'r ddau o gwmpas y tân wedi blino'n llwyr. Manteisiodd Marged ar ei chyfle i roi cynghorion buddiol i Tomos sut i ymddwyn yn ystod

ymweliad y ddau ŵr parchus. Trodd y weierles i ffwrdd ar ôl y Niws Cymra'g:

"Cofia dynnu dy gap wrth ddod i'r tŷ, a hongiana fe ar y bachyn tu ôl i'r drws."

Nid oedd yn hoffi'r syniad o fod yn ben-noeth ar ei aelwyd ei hun. Ni fyddai byth yn tynnu ei gap ond i fynd i'r capel neu i'r gwely, neu wrth fynd i dŷ galar.

"Ma'n rhaid i ti iwso manyrs. Gofala di na fyddi di yn jwmpo i f'yta o fla'n y ddou bregethwr. A phan fydd un o'r ddou yn gofyn bendith o fla'n bwyd ca' dy lygad a phlyga dy ben. A gofala na fyddi di yn poeri i'r tân, ma' fe'n hen beth cas i' 'neud pan fydd pobol ddierth yn y tŷ."

Gwingodd Tomos yn erbyn y symbylau. Ond nid oedd Marged wedi gorffen eto:

"Watsha di ar dy ened na fydd yr ast yn dod i'r tŷ."

"Ma'r ast wedi arfer dod i'r tŷ. Ma' hi'n ddigon diniwed."

"Dyw hi ddim yn ddiniwed pan fydd hi wedi b'yta corwg. Ma' hi'n gweld 'i chyfle pan ddaw rh'wun i'r tŷ."

Dechreuodd Tomos feddwl beth i'w ddweud wrth y ddau lojer. Gallai ofyn iddynt ble cafodd Cain ac Abel wragedd os nad oedd neb arall ar y ddaear ond Adda ac Efa. Daeth gwên dros ei wyneb wrth iddo feddwl am y peth. Ond torrodd Marged ar ei fyfyrdodau.

"Bydd yn rhaid i fi fynd i 'Berystwyth fory. Ma' ise lot o bethe arna' i. A falle pryna i ffrog fach ddu a gwyn i dendo'r pregethwrs. Ma' du a gwyn wastad yn y ffashwn."

Cofiodd Marged beth oedd brecwast arferol Tomos ers blynyddoedd:

"Gofala di na fyddi di'n gofyn am fara te i frecwast. Fe gei di ddigon o hwnnw ar ôl y Sashwn. Fe fyddi di'n ca'l becwn a wy gyda nhw."

Siaradai Marged yn fonheddig wrth ddweud 'Becwn a wy'.

"Cofia di 'nawr b'ido rhoi'r gylleth yn dy geg wrth f'yta. A phaid glanhau dy blât â bara fel pe byddet ti yn 'i sychu

63

â chlwtyn llawr. Dangos di i'r ddou bregethwr fod gen' ti fanyrs."

Ymdawelodd Tomos. Daeth diwrnod arall i ben.

Bore drennydd disgwyliai Wil Soffi a'i dacsi amdanynt ar ben y lôn. Gwelai Marged yn dod fel merch ifanc, basged ar ei braich, a bag a handbag yn ei llaw. Cerddai Tomos yn ei ddau-ddwbwl y tu ôl iddi.

"Bore da, William Jones."

"Bore da, Marged Williams. Be' sy'n bod ar Tomos Williams?"

"Fe fuodd e'n cario gwely Leisa Gors Fowr yn gros i'r gors. Rwy' ofan fod sbein 'i gefen bach e wedi mynd mas o le. Dyw Tomos Ni ddim yn gryf. Ro'dd e'n go lew ddo' hefyd."

Eglurodd Marged fel yr oedd Leisa wedi rhoi gwely yn fenthyg iddynt dros y Sasiwn. Cyrhaeddodd Tomos.

"Bore da, Tomos Williams."

"Dyw hi ddim yn fore da iawn, William Jones. Dyw gwely plu ddim wedi ca'l 'i 'neud er mwyn iddo fe ga'l 'i gario o un tŷ i'r llall. Fe ddyle'r sawl feddyliodd am Sashwn ga'l 'i dransporto. A pheth arall i chi, William Jones, ma' hi'n iawn i ffido llo ne' fochyn, ond do's gen i ddim i 'weud dros ffido dou bregethwr am ddyddie, a cha'l dim byd yn y diwedd ond 'diolch yn fowr. Fe dalith y Brenin Mowr i chi.' Y trwbwl yw, dyw e byth yn rhoi owns o faco i fi am y drafferth."

Er mawr syndod i Wil bu Tomos yn dawedog iawn ar y daith. O dipyn i beth yr oedd ei lygaid yn trymhau a syrthiodd i gysgu. Ymestynnodd Marged ymlaen:

"Druan bach," meddai.

Yn ei freuddwyd gwelai Tomos y ddau bregethwr ac yntau yn eistedd i swper yn Nant Gors Ddu. Yr oedd y bwrdd yn orlawn o bob math o fwydydd: Cig. Letys (doedd e fawr am letys). Tomatos. Picls (ei hoff bicls—Ffarmyrs Delight). Salad Crîm (ni hidiai am hwnnw). Chutney. Bara menyn gwyn. Bara menyn brown. Sbynj.

Cacen gyrens. Jeli a chystard ("Bwyd babis"), a galwyni o de. Yr oedd Marged wedi ei siarsio i ofalu peidio â bwyta nes i un o'r pregethwyr ofyn bendith. Gan nad oedd neb wedi gwneud hynny ni fedrai wneud dim ond edrych arnynt yn bwyta'n ysglyfaethus. Yr oedd bron marw o newyn a'r ddau 'sglyfaethgi yn difa'r cyfan. Gwelai'r bwyd yn diflannu o flaen ei lygaid: Y cig a'r letys. Y tomatos a'r picls. Y chutney a'r bara menyn. A'r jeli a'r cystard. Teimlai ei geg yn sych fel y tebot ar y bwrdd. Cafodd hunllef ofnadwy, a'i lygaid yn troi yn ei ben. Stopiodd Wil y tacsi y tu fas i Benparce.

"Wyt ti'n sâl, Tomos Bach?" gofynnodd Marged.

Edrychodd llygaid bolwyn Tomos i'w chyfeiriad:

"Marged.....ma' nhw.....wedi b'yta'r lot."

Agorodd Wil y ffenestri. Estynnodd Marged bepermint iddo, a daeth Tomos yn well. Er ei gymell i aros yn y tacsi wedi cyrraedd Aberystwyth, mynnodd ganlyn Marged o siop i siop:

"Deg pownd o'r biff gore. Ma' dou bregethwr Sashwn yn aros gyda Tomos a fi...

Dwy jared o bicls Ffermers Dileit. Ma' dou bregethwr Sashwn yn aros gyda Tomos a fi...

Bocsed o fwstard sych... Ma' dou bregethwr Sashwn yn aros gyda Tomos a fi...

Tair letysen... Ma' dou bregethwr Sashwn yn aros gyda Tomos a fi...

Dou bownd o domatos... Ma' dou bregethwr Sashwn yn aros gyda Tomos a fi...

Pedwar paced o jeli coch a bocsed o bowdwr cystard. Ma' dou bregethwr Sashwn yn aros gyda Tomos a fi..."

Ymlaen i siop y cemist:

"O's gyda chi focsed bach o r'wbeth at y dŵr? Ma' dou bregethwr Sashwn yn aros gyda Tomos a fi."

Wedyn i'r siop dillad mynwod. Rhoddwyd cadair i Tomos i eistedd wrth y cownter. Eisteddodd yntau ynddi fel delw, a'i lygaid yn dilyn Marged i gyfeiriad yr Owtseis.

Tynnodd ei bibell a'i faco o'i boced i fwynhau mygyn. Edrychodd y fenyw fain â'r jinglings yn ei chlustiau yn gas arno. Aeth y bibell a'r baco yn ôl i'r boced yn gyflymach nag y daethant allan. Ciliodd y fenyw y tu ôl i'r cyrtens. Daeth y bibell a'r baco allan drachefn. Dychwelodd y fenyw cyn iddo danio'r fatsien. Diflannodd y bibell a'r baco a'r matsys. Siaradai Tomos ag ef ei hun:

"Cythrel o fenyw yw honna. Diolch nad wy'n byw 'da hi."

Sylweddolodd Tomos fod ei llygaid arno fel cath yn gwylio llygoden. Mentrodd wenu arni. Gwenodd hithau, ond yr oedd ei gwefusau yn edrych fel pe bai yn bwyta afal sur.

"Un salw wyt ti," meddyliai Tomos.

Yn yr Owtseis Dipartment dywedodd Marged ei neges wrth y flonden:

"Rwy' am ffrog fach ddu a gwyn. Rh'wbeth bach iwsffwl heb fod yn rhy ddrud."

"Ffrog i fynd i angladd?" holodd y ferch.

"Nage, diolch byth. Ma' dou bregethwr Sashwn yn aros gyda Tomos a fi. Ffrog y galla' i 'i hiwso wedyn i 'neud te yn y festri ar dd'wrnod angladd."

"Triwch hon," meddai'r flonden.

Pan oedd Marged yn y broses o newid o un ffrog i'r llall ymddangosodd pen Tomos heibio i'r cyrtens. Edrychodd y flonden yn syn arno.

"Wyt ti Marged yn barod?"

Safodd Marged o'i flaen yn union yr un fath â Magi Post yn smeils i gyd:

"Be' ti'n feddwl am y ffrog?"

Edrychodd Tomos yn feirniadol arni:

"Braidd yn gwta fydde hi i fynd lan i lofft y capel ar dd'wrnod Cymanfa Ganu."

"Ych tad yw e?" holodd y ferch.

Ni chlywodd Marged. Yr oedd yn chwilio am arian i dalu am y ffrog.

Cerddodd y ddau allan o'r siop yn llwythog o biff, picls, mwstard, letys, tomatos, y jeli coch, y powdwr cystard, ac wrth gwrs, y ffrog newydd. Yr oedd Wil Soffi yn disgwyl amdanynt i fynd adre. Gwnaed y trefniadau wedyn iddo gyrchu Tomos ar y noson gyntaf i fynd i'r Sasiwn, a chludo Tomos a'r ddau bregethwr i Nant Gors Ddu wedi'r oedfa.

Yr oedd Leisa Gors Fawr yn edrych ymlaen at gael golwg ar y ddau bregethwr. Y broblem oedd na fyddent yn cyrraedd yn gynnar iawn, a byddent yn gadael y tŷ ar ôl brecwast. Ond fe gafodd syniad gwych. Fe allai gynnig help i Marged i fwydo'r lojers, a thrwy hynny câi hithau hefyd swper, ac efallai beth o'r bwyd sbâr i fynd adref gyda hi. Heblaw hyn byddai cyfle iddi i ddod i 'nabod y pregethwyr, a chael addewid ganddynt ddod i'w hangladd pan fyddai farw. Yr oedd hi eisoes wedi dweud hynny wrth ryw ddwsin o weinidogion yr Hen Gorff pan oedd yn arllwys te iddynt yn y festri adeg y Cwrdd Misol yn y Capel Bach, a byddai cael dau weinidog dierth yn dipyn o strôc. Gallai ddychmygu am y pennawd mewn llythrennau breision yn y papur bro:

'ANGLADD Y DIWEDDAR MISS ELIZABETH EDWARDS GORS FAWR. PEDWAR AR DDEG O WEINIDOGION YN BRESENNOL.'

Ar brynhawn diwrnod cyntaf y Sasiwn taflodd Leisa ei siôl dros ei phen i fynd draw i Nant Gors Ddu gan obeithio cael cais gan Marged i roi tipyn o help gyda'r swper. Gwelodd Tomos yn clymu weier o gwmpas yr onnen yn ymyl yr adeilad ar waelod yr ardd.

"Be' sy' mla'n, Tomos?"

"G'neud bachyn i hongian y lamp stabal rhag ofan y bydd y lojers ise gole i fynd mas wedi nos."

"Diolch iddo fe am 'weud," meddyliodd Leisa, "Neu fe fyddwn i'n tyngu 'mod i'n gweld gole corff."

"Cer i'r tŷ. Ma' hi fel hotel 'na."

Agorodd Leisa'r drws, a sleifiodd yr ast heibio iddi i'r gegin, a chynhyrfodd Marged wrth weld olion ei thraed brwnt ar y llawr glân. Dihangodd yr ast allan am ei bywyd. Nid oedd ei meistres wedi ei thrafod fel hyn o'r blaen. Yn sŵn y cynnwrf tynnodd Leisa ei wellingtons. Yr oedd bysedd ei thraed yn ymwthio allan fel tatws newydd drwy ei 'sanau, er nad oeddent mor lân â hynny chwaith. Camodd yn fras o sach i sach i eistedd ar y sgiw.

"Be' wyt ti'n roi i swper iddyn nhw heno?" gofynnodd Leisa.

"Biff salad," atebodd Marged yn fonheddig.

Teimlai Leisa'n euog wrth edrych ar y tyllau yn nhraed ei 'sanau, a pheth od oedd gweld y drws ar gau ar brynhawn braf, a'r ast a'r wellingtons y tu allan. Teimlai fel pe bai mewn tŷ dierth.

"Wyt ti'n meddwl 'i fod e'n beth call i roi biff salad iddyn nhw?"

"Odw. Pam lai?"

Poerodd Leisa yn ddifeddwl i'r tân cyn dweud 'Sorri mowr', ac aeth yn ei blaen i ddoethinebu:

"Wel, fe fyddan nhw wedi ca'l salad i ginio yn y Sashwn. Wyt ti ddim yn meddwl y byddan nhw wedi blino ar fwyd cwiningod? Rho datws a swêj a chabej a grefi gyda'r biff iddyn nhw, a ma' digon o riwbob yn yr ardd, berwa rheiny gyda'r cystard."

Llwyddodd Leisa i ddarbwyllo Marged i wneud swper teidi.

"Fe fyddan nhw yn dy ganmol di i'r cymyle wedyn ac yn gweud wrth bawb am y swper mowr yn Nant Gors Ddu."

Ymchwyddodd Marged:

"Wyt ti'n meddwl hynny, Leisa?"

Meddwl am shâr o'r wledd am ddod i helpu oedd Leisa. Doedd hithau ddim yn hoff o salad.

*　　*　　*

Yr oedd capel y Tabernacl yn orlawn yn oedfa gynta'r Sasiwn, a llwyddodd Tomos a Wil Soffi i gael lle i eistedd ar y fainc ecstra yn ymyl drws y festri. Ni welsai Tomos gynifer o bregethwyr yn gwisgo coleri cŵn yn ei ddydd, a phan ddechreuodd eu cyfrif, fel pe bai yn cyfrif defaid ar fanc Nant Gors Ddu, clywodd lais y Llywydd o'r pulpud:

"Annwyl Frodyr a Chwiorydd,
    Croeso mawr i Sasiwn y Tabernacl. Mae'n amlwg
    fod yr Ysbryd yma eisoes..."

Edrychodd Tomos o'i gwmpas. Gwelai ddynion a gwragedd wrth y cannoedd, ond ni fedrai weld yr ysbryd y soniai y Llywydd amdano. Toc syrthiodd ei lygaid ar y dyn main yn y sêt fawr. Yr oedd golwg fel y bedd arno a'i wyneb yn welw fel Angau. Tybed ai hwn oedd yr 'ysbryd'?

Ni ddeallodd Tomos y pregethwr cyntaf. Yr oedd rhyw beswch sychlyd arno, a soniai o hyd ac o hyd am y Conoia, neu dyna dybiai Tomos. Cofiodd i Marged ddod â photelaid o Cofonia iddo o siop y cemist unwaith pan gafodd annwyd yn ei frest. Tybed a oedd rhyw berthynas rhwng y Conoia a'r peswch sychlyd oedd yn poeni'r pregethwr druan?

Medrai ddeall yr ail bregethwr. Soniai am ryw ddafad strae yn crwydro ugain milltir i'r anialwch, a'r bugail yn dod o hyd iddi a'i dwyn adref ar ei ysgwyddau. Felly, yn ôl y sym a wnaethai Tomos yn ei ben, yr oedd y bugail wedi cerdded deugain milltir, a chario'r ddafad adre am ugain milltir. Aeth Tomos i amau'n fawr a oedd y pregethwr yn dweud y gwir.

"Dim byth," meddai'n uchel wrth Wil Soffi.

"Sshh," rhybuddiodd y dyn tew o'r tu ôl iddo.

Prociodd Wil ei benelin esgyrnog i ystlys Tomos.

"Dim byth," mwmialodd Tomos wedyn.

Ar ddiwedd yr oedfa cyhoeddodd y Llywydd ei bod yn ofynnol i'r cyfeillion oedd yn rhoi llety i'r gweinidogion a'r lleygwyr fynd i'r festri i gwrdd â'u lletywyr. Ymwthiodd Tomos a Wil Soffi yn araf yn y ciw. Ni fuont yn hir yn y

festri cyn iddynt glywed llais Ysgrifennydd y Pwyllgor
Llety yn gweiddi yn glir ac yn groch uwchlaw'r twrw:

"Mr. a Mrs. Tomos Williams, Nant Gors Ddu."

Cododd Tomos ei law fel cynigydd mewn ocsiwn:

"Ma' Marged wedi aros adre i 'neud swper. Os b'ytan
nhw fe i gyd fe allan fynd i orwedd am w'thnos."

Ni wnaeth Ysgrifennydd y Pwyllgor Llety sylw o'r eglur-
had. Galwodd ar y Parch. Abel Jones a'r Parch. Moses
Jones i ddod ymlaen, gan ddweud wrth Tomos:

"Dyma'r ddou frawd fydd yn aros dan eich cronglwyd."

Ni wyddai Tomos beth oedd cronglwyd, ond cyn iddo
gael cyfle i ofyn beth oedd cronglwyd neidiodd Abel a
Moses Jones ymlaen i ysgwyd llaw ag ef, fel pe baent wedi
dod ar draws cyfaill a fu ar goll ers blynyddoedd. Daeth
Wil â'i dacsi at borth y capel i godi ei lwyth pwysig a'r bag-
iau, cyn cychwyn yn urddasol ar y daith i Nant Gors Ddu.

"Be' oeddech chi Tomos Williams yn feddwl o'r oedfa?"
gofynnodd Abel Jones.

"Wel wir ro'dd yr ail bregethwr yn mystyn tipyn ar 'i
ddychymyg. Chreda' i ddim fod bugel wedi cario'r ddafad
am ugen milltir er 'i bod hi'n dene fel rhaca."

"Ma'r brawd 'ma'n dipyn o gymeriad. Rhaid i ni fod yn
ofalus," meddai Abel yng nghlust Moses yn sedd ôl y tacsi.
A chwarddodd y ddau.

Yr oedd y swper mawr bron yn barod, a Marged a Leisa
ar bigau'r drain eisiau gweld y ddau bregethwr. Daeth
Marged i lawr o'r llofft yn ei ffrog newydd.

"Be' ti'n feddwl ohoni hi? Neith hi'r tro?"

Syllodd Leisa arni a'i phen ar dro fel robin goch:

"Ma' hi'n edrych yn iawn i fi. Braidd yn gwta 'falle. Fe
stwmpa i'r tatws a'r swêj er mwyn arbed i ti blygu lawr."

Clywsant sŵn y tacsi yn dod at y tŷ. Rhuthrodd y ddwy
at y ffenestr. Twtiodd Marged ei gwallt. Cododd Leisa ei
hosan chwith er mai'r hoson dde oedd yn gofyn am ymgel-
edd. Gwelsant y ddau bregethwr yn dod allan o sedd gefn

70

y tacsi, a Tomos yn ymladd â'r belt yn y sedd flaen. Roedd Wil Soffi yn tynnu'r bagiau allan o'r bŵt.

"Ma' golwg dynion bach neis arnyn nhw," meddai Marged. Nid oedd Leisa mor ganmoliaethus:

"Ma'r un tene yn edrych fel pe bydde fe heb ga'l bwyd os miso'dd, a ma'r un tew fel pe bydde fe'n byta shâr dou."

Cyflwynodd Wil y ddau lojer i Marged. Yr oedd hithau yn groeso i gyd:

"Dowch miwn, a chroeso mowr i chi. G'newch ych hunen yn gartrefol. 'Steddwch chi Mr. Abel fan hyn, a 'steddwch chi Mr. Moses fan 'co.

Brysiodd Wil yn ôl i'r tacsi i ollwng Tomos yn rhydd o'r belt. Neidiodd yntau allan fel hwrdd yn cael ei draed yn rhydd ar ôl bod yn sownd mewn ffens, a dihangodd i'r tŷ.

Yr oedd Marged ar ei holl egni yn clebran â'r pregethwyr, a Leisa yn y gegin fach yn stwmpo'r tatws a'r swêj, gan gadw llygad ar y grefi rhag iddo ferwi i'r tân.

"Fe gaiff Tomos siarad â chi," meddai Marged wrth encilio i helpu Leisa. Eisteddodd Tomos ar y sgiw i ateb cwestiynau'r ddau gennad, a châi drafferth i ddeall pwynt ambell gwestiwn:

"Be' ydi cyflwr y moddion efo chi'r dyddiau hyn?" holodd y Parch. Abel Jones.

"Fydda' i byth yn ifed y stwff. Ond ma' nhw'n gweud fod Doctor Preis yn g'neud moddion 'i hunan."

"Moddion Gras oedd ar fy meddwl i, Tomos Williams," eglurodd Abel Jones. Ond fe'u galwyd at y bwrdd.

Dyna swper... Cig eidion... tatws... swêj... cabej... a grefi... digonedd a mwy na digon.

"Gawn ni ofyn bendith..." meddai Moses Jones.

Plygodd Abel Jones, a Tomos a Marged eu pennau yn ddefosiynol...

"Diolch i Ti o Dad am..."

"Ble ma'r jwg ddŵr?" gwaeddodd Leisa o'r gegin fach.

"Diolch i Ti am groeso y tŷ hwn..."

71

"Alla' i roi'r dŵr sy' yn y bwced yn y jwg?"

"Bendithia Di yr hyn a roddwyd ger ein bron…"

"Ma'n well i fi fynd i nôl dŵr o'r ffynnon," gwaeddodd Leisa yn uwch am nad oedd neb yn ei hateb.

"Amen," meddai Moses.

"Amen," ychwanegodd Abel.

Bwytawyd yn helaeth. Nid oedd Abel a Moses Jones wedi cael y fath wledd ers blynyddoedd. Ac o'r golwg yn y gegin fach, ni welodd neb y plataid anferth a fwytaodd Leisa.

Wedi'r cig eidion, y tatws a'r swêj, y cabej a'r grefi, y stiw riwbob a'r hufen, teimlai'r ddau lojer fel mynd allan o wres y tân i fwynhau awyr iach y bryniau.

Ond wrth fynd allan drwy'r drws daethant wyneb yn wyneb â Wil Soffi. Yr oedd Mr. Niclas y Banc, un o ddiaconiaid y Tabernacl, a rhoddwr y Te Croeso, wedi ffonio mewn tymer wyllt i ofyn am eglurhad pam yr oedd y Parch. Abel Jones a'r Parch. Moses Jones wedi cael eu hanfon i le pellennig fel Nant Gors Ddu, a Mrs. Niclas ac yntau wedi trefnu eu bod i aros yn Bank House. Bygythiad wedyn os na fyddai ef a Mrs. Niclas yn cael rhoi llety iddynt fel y trefnwyd, ei fod yn ymddiswyddo o fod yn flaenor, a mynd i Salem.

"Rwy'n aros yma," meddai'r Parch. Abel Jones yn bendant.

Eiliwyd ef yn wresog gan y Parch. Moses Jones. Ond cymhellwyd hwy gan Marged y byddai'n well iddynt fynd, ac y caent ddod i Nant Gors Ddu am wythnos o wyliau yn yr haf.

Nid dyna ddiwedd y saga. Bu'r ddau yn ofnadwy o sâl yn Bank House nes cadw Mr. a Mrs. Niclas ar eu traed hyd dri o'r gloch y bore. Swper Nant Gors Ddu gafodd y bai.

Ar yr awr annaearol honno cyfarchodd Mrs. Niclas ei gŵr:

"Come here, Malcym. There's a terrible mess in the bathroom, go up and give it a good dose of disinfectant. I'll have a word with that Pwyllgor Llety of yours in the morning. Go on man, don't stare at me like that."

Trannoeth bu cinio salad yn Nant Gors Ddu, a Tomos a Marged, Leisa Gors Fawr a Sara Gors Ganol yn gwledda'n fras ar y cig oer, y letys a'r picls, a'r jeli coch a'r cystard, er i Leisa daeru y diwrnod cynt nad oedd ganddi fawr o gewc at salad.

Cyn amser te gwelwyd gwely Leisa yn cael ei gludo adre dros y gors. A dweud y gwir, yr oedd Marged yn eitha' balch, ac yn fwy balch na chysgodd y pregethwr ynddo. Oblegid wrth iddi ei gael yn barod fe dasgodd dwy chwannen i'r plygion ac y mae y rheiny yn bridio'n felltigedig o gyflym.

* * *

DEFI WILI A SALI MEI

Disgleiriai haul y gwanwyn swil ar fynyddoedd Pumlumon.
Eisteddai Defi Wili, Bwlch y Rhedyn, ar glawdd yr ardd
yn gwylio Sali Mei, ei gymdoges, o Bwll y Broga, yn gwyn-
galchu talcen y beudy. Bob hyn a hyn codai ei llaw arno, a
chwifiai yntau ei gadach poced i gydnabod hynny. Carai
fynd draw i'w helpu ond yr oedd diogi yn rhith arthreitis
wedi gafaelyd yn ei gymalau. Nid oedd ofn gwaith arno.
Gallai orwedd yn hapus yn ei ymyl. Bu'n canlyn Sali Mei
ers ugain mlynedd, ond ni fynnai hi ei briodi am fod ei
mam a'i hwncwl Joseff yn anfodlon i'r fath fenter. Bellach
yr oedd y ddau wedi marw mewn oedran teg o fewn mis
i'w gilydd, gan adael eu cyfoeth i Sali Mei, a drws agored
Pwll y Broga i Defi Wili.

Gwyddai Defi Wili ei fod dros ei ben a'i glustiau mewn car-
iad. Yn ogystal, yr oedd dydd y briodas wedi ei drefnu, ac ed-
rychai ymlaen at fywyd priodasol, hapus, digon o ffags, a
fawr o waith. Yr oedd Sali Mei hefyd yr un mor wresog ei
chalon, ac edrychai ymlaen yn eiddgar at yr adeg pan fyddai
Defi Wili yn ei hymyl ddydd a nos. Cododd ei llaw arno drach-
efn a daeth rhyw wrid rhyfedd i'w gruddiau.

Ymlusgodd Defi Wili i'w dŷ o glawdd yr ardd. Ochneid-
iodd wrth feddwl bod ganddo waith caled i'w gyflawni. Bu
chwilio am bapur ysgrifennu a beiro yn dipyn o ymdrech.
Dylasai fod wedi anfon y gwahoddiadau allan ers mis i wa-
hodd ei berthnasau, sef Tomos a Marged, a Sara Phebi o
Gwm Aberdâr, i'w briodas.

Pan welodd Ianto'r Post fod y llythyr i Mr. a Mrs.
Tomos Williams, Nant Gors Ddu, yn 'Very Urgent', ni
wnaeth hyd yn oed hynny iddo frysio ar ei rownd am ei fod
wedi cyfarwyddo ag anwybodaeth o'r fath. A wyddai'r
sawl oedd wedi anfon y llythyr beth oedd ystyr 'Very Ur-
gent'? Cofiai am Hanna Jên yn anfon llythyr at ei brawd
yn Birmingham ac yn rhoi 'Local' arno. Aeth yn amser
cinio cyn i'r 'Very Urgent' gyrraedd pen ei daith.

"Agor e," meddai Tomos wrth weld Marged yn sychu ei sbectol yn hamddenol o ddiflas. Yr oedd yn ysu am wybod ei gynnwys. Daliai Marged i oedi:

"Rwy'n 'nabod 'i sgrifen bagle brein e. Fentra' i ti fod Defi Wili am ddod 'ma ar 'i holides. Dyw e ddim wedi bod os dwy flynedd."

Sychodd Tomos ei geg â llawes ei got:

"Holides? Ma' hi'n holides tragwyddol arno fe. Dyw e'n g'neud dim byd ond gorwedd. Paid agor 'i lythyr e. Sgrifenna 'Gonawê' arno fe, a hela fe nôl."

Torrodd sŵn rhwygo'r amlen ar dawelwch y gegin. Safai Marged ar ei thraed yn ymyl y ffenest er mwyn cael mwy o ole, a Tomos yn sbio lan arni fel ci yn begian am asgwrn.

"Wel, wel, chredi di byth," meddai Marged.

"Rwy'n barod i gredu rh'wbeth. Paid gweud 'i fod e wedi ca'l gafel mewn menyw sy'n ddigon dwl i' briodi fe."

"Rwyt ti'n iawn Tomos. Ma' Defi Wili a Sali Mei yn priodi o'r diwedd. Ac wedi bod yn caru am ugen mlynedd."

"Fe fydd llai o amser gyda hi i fyw gydag e."

Llyncodd Tomos ffrwd o sudd shag yn ddamweiniol, a chafodd bwl o beswch cas. Llwyddodd Marged i gipio'r tebot o'i nyth yn y lludw cyn iddo gael ei drochi gan boeri a fflem.

Wedi i'r pwl fynd heibio darllenodd Marged weddill y llythyr oedd yn egluro bod Sali Mei wedi gwerthu'r ddwy fuwch rhag ofn i Defi Wili straenio'i galon wrth garthu'r beudy, a'i bod wedi prynu dwy afr, yn ogystal â donci i gario bwyd yr ieir o ben 'rhewl gan na fedrai lorri'r Cop ddod at y tŷ. Daeth gwên dros wyneb Marged:

"Meddylia am Defi Wili yn marchogeth y donci bach lan i ben 'rhewl. Fe fydd e'n debyg i Iesu Grist yn mynd lan i Jeriwsalem ar ebol asyn."

Chwyrnodd Tomos nes bod ei fwstash fel twmpath o frwyn ar storom o wynt:

"Falle bydd y donci'n debyg."

75

Sylweddolodd Marged fod y briodas ymhen wythnos i'r diwrnod, a dywedodd hynny wrth Tomos:

"Pam na fydde'r mwnci wedi hela i 'weud cyn heddi?"

"Fel 'na ma' Defi Wili. Popeth ar y funud ola'. Cofia di, Tomos, ma' ise tipyn o ben i briodi, a gweud y geire mowr ar ôl y 'ffeir'ad."

Llawenychodd Marged wrth feddwl na fyddai angen dillad newydd arni am fod y briodas yn ddigon pell o gartre. Gallai wisgo'r costiwm llwyd, y flowsen binc, a'r het goch. Dywedodd hynny wrth Tomos:

"Fydd dim ise dillad arna' i erbyn y briodas."

Yr oedd meddwl Tomos ymhell:

"Ei di ddim yn borcen, ei di?"

"Gad dy ddwli. Gweud o'n i na fydd neb wedi gweld y costiwm llwyd, y flowsen binc, a'r hat goch o'r bla'n."

"Dim ond i ni fynd yn ddigon bore cyn bydd neb wedi codi. Cofia di fod Hanna Jên yn byw ar ben 'rhewl, a ma' llyged cath a chlyste mochyn bach 'da honno."

Yr oedd Marged yn falch iawn o'r ffaith fod Defi Wili wedi cofio amdanynt, er nad oeddent wedi ei weld ers dwy flynedd. Yna, dechreuodd ofidio yn ei gylch. Penderfynodd ysgrifennu gair yn ôl ar unwaith, nid yn unig i dderbyn y gwahoddiad, ond i ddweud wrtho am ofalu torri ei wallt, a gwisgo siwt deidi, am fod yr olwg ryfeddaf arno pan ddaeth i Nant Gors Ddu ar ei wyliau, a bu raid iddo gael benthyg dillad isaf Tomos tra bu hi yn golchi a smwddio ei drugareddau brwnt.

I fyny ar ei thyddyn rhwng y mynyddoedd yr oedd Sali Mei yn dechrau teimlo'n nerfus wrth ystyried bod dydd ei phriodas yn agosáu. Felly hefyd Defi Wili ond am resymau gwahanol. Yr oedd Morgan Pant y Sguthan, hen lanc cyfoethog, â'i lygad ar Sali Mei, ac yn cario ffrwythau iddi ar dd'wrnod mart. Syllodd drwy'r ffenest i weld Sali Mei yn dod allan i fwydo'r ieir a'r hwyaid, a'r geifr a'r asyn yn rhedeg ati i gael maldod. Wythnos eto cyn iddo yntau gael yr un maldod, brecwast yn y gwely, a Morgan Pant y Sguthan â'i ben yn ei blu.

I lawr yng Nghwm Aberdâr yr oedd Sara Phebi wedi ei tharo'n sâl o'r niwmonia a'r doctor wedi dweud wrthi yn bendant am iddi aros yn y gwely am o leiaf wythnos. Syfrdanwyd hithau gan y gwahoddiad i briodas Defi Wili, a theimlai'n flin am na fedrai fynd. Ond cafodd syniad gwych. Gallai Bilco ei mab ei chynrychioli, ac ysgrifennodd at Tomos a Marged i egluro'r amgylchiadau, ac y byddai Bilco yn cyrraedd Nant Gors Ddu nos Wener er mwyn bod yn barod i fynd gyda nhw i'r briodas fore dydd Sadwrn.

Bore trannoeth yr oedd Tomos ar ei daith yn fore. Cerddodd ar flaenau ei draed wrth fynd heibio i'r tŷ yn ymyl y ciosc teliffon rhag ofn i Hanna Jên ei weld, ond cyfarthodd yr ast oedd yn rhy hen i wneud dim byd arall, a rhuthrodd Hanna Jên allan fel plismones yn ceisio atal troseddwr. Nid oedd wedi gorffen gwisgo amdani, ac yr oedd ei gwallt fel llwyn o ddrain duon yn y gaeaf.

"Be' sy'n bod, Tomos Williams? Rych chi mas yn fore iawn."

"Cer i gwpla gwisgo. Ma' golwg wyllt arnat ti. Rwyt ti fel dafad wedi colli'i gwlân."

Aeth Hanna Jên yn ei hôl i'r tŷ mewn cywilydd.

Daeth prynhawn dydd Gwener. Yr oedd Marged wedi rhoi cyrlers yn ei gwallt, a Tomos wedi golchi'i dra'd a newid 'i ddillad isa' cyn dyfodiad Bilco, mab Sara Phebi o Gwm Aberdâr. Byddai'n anodd iddynt ymgeleddu eu hunain wedi i hwnnw gyrraedd. Bu Bilco'n dod yn gyson ar ei wyliau i Nant Gors Ddu yn y dyddiau anystywallt hynny pan garlamai o gwmpas fel rhyw greadur gwyllt a diwardd. Bellach yr oedd wedi priodi ers blynyddoedd a challio, a chanddo un mab. Yr oedd Tomos Dylan yn ddrygionus, ac os rhywbeth, yn ddylach na'i dad yn ei oedran ef. Dim ond unwaith y bu Tomos Dylan ar ei wyliau yn Nant Gors Ddu, a bu'n rhaid ei anfon adre cyn pen wythnos neu fe fuasai wedi rhacso popeth, a gyrru'r fuwch a'r llo a'r mochyn yn wallgo'. Yn ôl llythyr Sara Phebi, dim on' Bilco oedd yn dod, a diolch byth am hynny.

Pedwar o'r gloch oedd hi pan safai Tomos yn ymyl y beudy, wedi iddo gael gorchymyn pendant gan Marged nad oedd i smoneithan o gwmpas i ddwyno'i hunan, ac yntau wedi ymolchi a newid ei ddillad isa'. Yn sydyn clyw-odd y sŵn mwyaf aflafar yn dod o gyfeiriad y cwm. Tyb-iodd fod eroplên arall yn hedfan yn isel yn y fro, ond ni fedrai ei gweld am fod yr haul rhyngddo a'r banc. Cyn iddo gael amser i feddwl yn glir gwelodd gar melyn yn chwyrnellu ato drwy'r clos, yna'n troi'n sydyn i osgoi'r ast a'r ieir cyn brecio'n sydyn a swnllyd o flaen drws y tŷ. Yr oedd Bilco wedi cyrraedd, ac ar ei drywydd pedlai Hana Jên fel ffŵl ar ei beic, a'i hwyneb yn smotiau fel pe bai'r frech goch arni. Rhoddodd ar ddeall i Bilco mewn pregeth o dân a brwmstan fod ei gar wedi mynd mewn spîd drwy bwll o ddŵr brwnt wrth fynd heibio iddi a'i gwlychu o'i chorun i'w thraed.

Yr oedd Hanna Jên mewn tymer ddrwg. Danododd ei bechodau a'i ffolineb i Bilco o ddyddiau ei fachgendod pan ddeuai ar ei holides i Nant Gors Ddu, hyd at ei fochyndra bum munud yn ôl pan fedyddiwyd hi â dŵr y fawnog. Dywedodd ei neges yn ddigon pwdlyd wrth Marged fod Wil Soffi wedi ffonio i ddweud na fedrai fynd i'r briodas, ei fod yn y ffliw dros ei ben a'i glustiau, a'i wres yn hyndred and ffortîn. Anodd cofio'r ffigyrau a roddwyd ar y ffôn. Cyn mynd, taflodd frawddeg dros ei hysgwydd:

"Dyna lesn i chi am drio mynd yn slei. Ma'r Brenin Mowr yn talu 'nôl."

Trodd ar ei sawdl. Neidiodd ar ei beic rhwdlyd. Gwaeddodd Marged arni i ddod i'r tŷ i gael cwpaned o de, ond yr unig ymateb oedd gwichian yr olwynion o gyfeiriad cwm yr afon.

Wedi i'r cyffro dawelu gwelodd Tomos ddrws y car melyn yn agor, a chrwt heglog yn goesau i gyd mewn trowsus cwta yn tasgu nerth ei draed tua'r tŷ. Agorodd Marged ei breichiau i'w groesawu'n llawen:

"Ma' Tomos Dylan bach wedi dod i weld Anti Marged. Wel, rwyt ti wedi pryfio yn fachgen mowr."

Ymdrechodd Marged i roi cusan llet'with ar ei dalcen. Gwingodd yntau i ddianc yn rhydd o'i gafael. Yr oedd yn rhy hen i gusanu modryb, ac yn rhy ifanc eto i gusanu merched. Gwridodd mewn cywilydd o glust i glust, a gwnaeth wyneb hyll ar ei dad oedd yn cael hwyl am ei ben yn cael y fath faldod.

Yr oedd te'n barod, ond ymdaenai cwmwl du uwchben y bwrdd llwythog. Ni allai Wil Soffi ddod â'i dacsi i fynd â nhw i'r briodas. Cnodd Marged ei gwefus yn ddiflas wrth arllwys y te.

"Allwn ni 'neud dim byd ond aros adre, a hela teligram i Defi Wili i 'sbonio."

79

Daeth gweledigaeth rhwng y bara menyn a'r caws o geg Bilco:

"P'idwch becso. Fe a' i â'r car. Fyddwn ni fowr o dro."

Daeth amheuaeth i feddwl Tomos. Gallai weld damwain, ac angau, a thragwyddoldeb.

"Wyt ti'n meddwl fod dy gar di'n ddigon da i fynd i North Wêls? Ma' sŵn gydag e fel injan ddyrnu. Beth am 'i frêcs e?"

Daeth Tomos Dylan o hyd i'w dafod i gefnogi ei dad fel y dylai pob mab call:

"Ma' dadi fi yn gwd dreifer. Yffach, ro'dd e'n tryfeili lan heddi fel bom. Ro'dd e'n g'neud eitimailsanower ar y fflat."

Gwelwodd Tomos. Nid oedd yn hoffi'r syniad o fynd i dragwyddoldeb ar ei ffordd i briodas Defi Wili. Os mynd i dragwyddoldeb, adre yn y gwely o'dd y lle gore. Daliai Tomos Dylan i barablu er bod ei dad yn gwneud mosiwn arno i gau ei geg. A Tomos yn cnoi ei fwyd fel be bai yn bwyta papur llwyd. Yr oedd wedi colli pob archwaeth, hyd yn oed at gaws. Ailgydiodd Tomos Dylan yn ei gyfle i ganoneiddio ei dad:

"Yffach, Dad, ych chi'n cofio'r hen foi 'na yn croesi'r hewl ar bwys Llanwrda? Fe jwmpodd lan i ben clawdd fel cangarŵ yn dianc o fla'n teiger."

Crynai llaw Tomos wrth iddo godi'r cwpan at ei wefusau. Ar waelod y cwpan yr oedd pedwar grownsyn te—tri mawr ac un bach—fel pedwar corff. Trodd at Marged:

"Fe fydd yn well i ti a fi aros adre fory, a gadael iddyn nhw fynd."

"Rwyt ti Tomos ddim yn gall. Fe fydd Bilco'n dreifo'n slo bach."

"Fel sant, Anti Marged. Fe ofala' i y byddwch chi'n cyrradd yn saff fel y banc."

"Dyna be' 'wedes i, Tomos," meddai Marged.

Ond yr oedd yn rhaid i Tomos Dylan agor ei geg fawr wedyn:

"Yffach, Wncwl Tomos, ta'ch chi'n gweld dadi fi yn oferteco'r lorri 'na 'rochor draw Llambed, a'r fenyw 'na'n dod fel ffŵl rownd y tro, ac yn sbio'n gas ar dadi fi. Chi'n gwybod be' 'na'th dadi fi?"

"Be' 'na'th e bach?" gofynnodd Marged.

"Codi dou fys arni hi. Geson ni sbort. Roedd y fenyw'n holics."

Digon yw digon. Ni fedrai Bilco ddal yn hwy.

"Disgw'l 'ma was. Rhagor o gelwydd o dy geg di, a fe gei di fynd i'r gwely, a aros 'na nes down ni nôl o'r briodas."

Ymdawelodd Tomos Dylan. Bu'n ddistaw am sbel cyn gofyn yn ddifrifol:

"Odi Wncwl Defi Wili North Wêls yn perthyn i Prins o Wêls?"

Ni chafodd ateb i'r fath gwestiwn twp, er i'w dad feddwl ei fod yn ddoniol.

Fore Sadwrn yr oedd Tomos Dylan ar ei draed yn gynnar, ac yn rhuthro o gwmpas y llofft fel rhyw gloc larwm ar ddwy goes, nes deffro'i ewyrth a'i fodryb. Yr oedd gan Tomos rywbeth difrifol i'w ddweud wrth Marged:

"Rwy' wedi 'difaru mod i wedi g'neud 'n 'w'llys."

"Pam?"

"'Tawn i'n gw'bod ma'r Bilco 'na sy'n dreifio ni i'r briodas fe fyddwn i wedi newid hi. Ond ma'n rhy ddiwedd-ar 'nawr."

Erbyn hyn ni chlywid sŵn Tomos Dylan. Yr oedd y tawelwch annaturiol fel distawrwydd o flaen storom. Cododd Marged ac edrychodd allan drwy ffenest y llofft. Bu bron iddi gael llewyg wrth weld y crwt melltigedig yn ei byjamas yn dringo'r sycamorwydden o flaen y tŷ. Agorodd y ffenest a rhoi ei phen allan. Beth pe bai'n syrthio a thorri ei fraich neu ei goes?

"Dere lawr o fanna, bach, neu rwyt ti'n shwr o ga'l dolur."

"Gad 'ddo fe i gw'mpo ar 'i ben, falle bydd mwy o sens rhwng 'i glyste fe wedyn."

"Cofia di, Tomos, fe fuodd Saceus ar ben y goeden."

"Do, rwy'n gw'bod 'ny. Fe gath hwnnw iachawdwrieth— gialen fedw ar 'i din ddyle hwn ga'l!"

Yr oedd yn wyth o'r gloch arnynt yn cychwyn, ond collwyd llawer o amser yn llwytho'r car melyn. Mynnai Tomos eistedd yn y sêt flaen yn ymyl Bilco, ond yr oedd Tomos Dylan yr un mor benderfynol, ac wedi llawer o fygwth a bytheirio fe lwyddwyd i'w gael i'r sêt ôl yn ymyl ei fodryb Marged:

"Dwy' i ddim ise iste gyda hen fenyw."

"Dere di, bach, fe ofalith yr hen fenyw amdanat ti," cellweiriodd Marged.

Ond rhwng Tal-y-bont a Thaliesin fe aeth Tomos Dylan yn sâl iawn. Yr oedd ei ben yn dost, poenau yn ei fola, a'i stumog yn troi. Setlodd Marged y broblem:

"Stopa, Bilco. Dere di Tomos nôl ata' i, a gad i'r un bach iste gyda'i dad." Ac ufuddhaodd Tomos wedi iddo yntau hefyd bwdu.

Cyn cyrraedd Tre'r-ddôl yr oedd yn amlwg fod yr un bach yn gwella'n wyrthiol. Gwelsant Robin tair-olwyn yn mynd heibio'n haerllug. Gwylltiodd Tomos Dylan wrth feddwl am y fath hyfrdra:

"Yffach, Dad, welest ti hwnna? Y mochyn thridowncariwan! Ar 'i ôl e, Dad! Agor mas. Gwd boi, Dad."

Gwasgodd Bilco ar y throtl. Caeodd Tomos ei lygaid mewn dychryn:

"Man a man i ni fynd i dragwyddoldeb gyda'n gilydd. Ro'wn i wedi meddwl marw gartre, nid 'da'r fforiners ffor' hyn."

Wedi gyrru am filltiroedd dros y briffordd a throi i'r hewl gul oedd yn arwain i'r mynyddoedd, daeth Tomos i gydnabod bod Bilco yn well gyrrwr nag a feddyliodd, a newidiodd ei feddwl ynglŷn ag ail-wneud ei 'wyllys. Llonyddodd Tomos Dylan hefyd fel pe bai yn benderfynol o fagu nerth i wneud mwy o ddrygioni maes o law.

I lawr yn y cwm daethant at nifer o adeiladau oedd yn rhy fach i'w galw'n bentre—dim ond eglwys a ficrej, tafarn y Green Cow, a shanti sinc yn arddangos yr arwydd GENERAL POST OFFICE, ac mewn geiriau bras yn y ffenest ceid y wybodaeth: ORDERS FOR THE FISH VAN TAKEN HERE. Ar ben y drws safai gŵr boldew yn smocio sigâr. Stopiodd Bilco, a daeth y postfeistr, os dyna ydoedd, atynt.

"Bwlch y Rhedyn," bloeddiodd Bilco.

Yr oedd y Sais wedi deall. Plygodd i edrych ar y llwyth pwysig:

"You're going to the wedding ay-e? Blimey, they've been at it for over twenty years, so why bother to get married? Follow the road uphill for a mile and a 'alf, and you'll see a crude sign 'BWLCREDIN'. I 'ope you got good brakes, you'll need 'em when you come back down."

Diolchodd Bilco, ac i ffwrdd ag ef. Cododd Marged ei llaw o ddiolchgarwch ar berchennog y GENERAL POST OFFICE.

"Dyna ddyn bach neis. Ma' hi'n gyfleus iawn ffor' hyn. Do's gyda ni ddim Post Offis na ffish ar bwys cartre."

Ymlusgodd y car melyn fel caterpiler i fyny dros y rhiw serth, a Tomos a Marged yn pwyso 'mlaen â'u holl egni er mwyn ei helpu. Wedi cyrraedd y top daethant at yr arwydd BWLCH Y RHEDYN mewn llythrennau afluniaidd o baent coch ar astell a fu unwaith yn ddarn o wely pren. Yn groes i'r ffordd gul yr oedd astell gyffelyb iddi gyda'r un lawysgrifen let'with mewn paent coch eto, yn cyhoeddi bod PWLL Y BROGA yn ymyl. Yn sydyn dadebrodd Tomos Dylan fel pe bai wedi dod o farw'n fyw. Yr oedd wedi gweld asyn wrth gefn y tŷ:

"Yffach, 'co donci."

Troi i'r chwith a wnaeth Bilco heb wneud sylw o'r weledigaeth a gafodd ei fab. Yr oedd drws Bwlch y Rhedyn ar agor led y pen, a phobman yn dawel fel y bedd:

"Ble rwyt ti, Defi Wili?" gwaeddodd Marged wrth fynd drwy'r pasej i'r gegin, a dywyllid gan y ddwy goeden o flaen y ffenest, a Tomos a Bilco yn ei dilyn yn ofalus. Arhosodd Tomos Dylan ar ôl i archwilio ac astudio'r wlad ac i astudio'r ffordd orau i ddweud how-di-dw wrth yr asyn.

Wedi iddynt gyfarwyddo â thywyllwch y gegin gwelsant y dyn dierth yn eistedd ar y sgiw yn gwenu'n dwp arnynt. Siwt frown. Crys glas. Tei felen. 'Sgidiau duon. Penderfynodd Marged dorri'r garw:

"Odw i yn ych 'nabod chi?"

Atebodd yntau yn swci mewn llais main, benywaidd (siaradai'n araf a chwynfanllyd):

"Fi yw Shincin. Fi yw best man Defi Wili. O'dd dim bai arno fe ofyn. Fues i'n caru Sali Mei, ond fe ddwgodd Defi Wili hi."

Daeth Defi Wili i lawr o'r llofft. Siwt ddu. Crys melyn, seis yn rhy fawr. Tei las. A 'sgidiau brown.

"Lwc dda, a chongrats i ti," meddai Marged.

Ysgydwodd Tomos law ag e, ac ymddiheurodd Bilco dros ei fam, gan egluro bod Tomos Dylan wedi mynnu dod ar ei waethaf.

Yr oedd Tomos Dylan ar goll, ac aed i chwilio amdano. O dalcen y beudy gwelsant ddonci Pwll y Broga yn carlamu am ei fywyd, a'r crwt yn crafangu fel corryn ar ei gefn. Stopiodd yr anifail yn sydyn i gael gwared ar y llwyth, a daeth Bilco o hyd i'w fab yn y brwyn a'r glybaniaeth a'r olwg ryfeddaf arno. Pan welodd hwnnw yr olwg felltigedig oedd ar wyneb ei dad, fe'i heglodd yn ei ôl i freichiau ei fodryb Marged, a'i dad wrth ei sodlau.

"Paid â bod yn greulon wrth yr un bach. Dere di, fe lanhawn ni'r trowsus 'na. Tyn dy gôt fach i Anti Marged ga'l 'i sychu hi."

Yr oedd y tacsi wedi cyrraedd i gyrchu Defi Wili a Shincin cyn i Marged gael amser i wneud cwpanaid o de, ac i ffwrdd â nhw yn y car melyn. Y tro hwn mynnodd Tomos Dylan eistedd yn y sêt ôl gyda'i Anti Marged.

Cofiodd Bilco am gyngor y dyn tew yn y Post Offis, a doedd ganddo ond mawr obeithio y byddai'r brêcs yn gafael ar y rhiwiau serth. Teimlai chwys oer ar ei gefn pan blyciai'r brêcs yn awr ac yn y man.

"Odi dy frêcs di'n iawn?" gofynnodd Tomos.

Yr oedd y car melyn wedi cyrraedd yr eglwys cyn i Bilco ateb:

"Odin, ma'r brêcs yn iawn."

Ond yr oedd ei wyneb fel y galchen.

Safodd y pedwar gyda'i gilydd wrth ddrws yr eglwys fel defaid yn llechu'n ddiflas cyn storom o eira. Daeth y Ficer yn ei wisg wen o'r ficerdy gerllaw. Nodiodd arnynt yn sychlyd. Ymguddiodd Tomos Dylan y tu ôl i'w dad. Marged oedd y cyntaf i'w gyfarch:

"Bore da. Ry'n ni'n perthyn i Defi Wili. Odi fe'n dod i'r eglw's ambell waith?"

"Ma' fe'n dod heddi," meddai'r Ficer yn swta wrth ddiflannu drwy'r drws mawr.

Ymgasglodd nifer o wragedd siaradus a'u plant i weld y sioe. Ymddangosodd y Ficer drachefn i weiddi arnynt yn fygythiol i beidio â thaflu reis a chonffeti yn y cyffiniau. Tosturiodd wrth y pedwar oedd yn dal i sefyllian y tu allan:

"Dowch gyda fi," gorchmynnodd.

Dilynwyd ef gan Marged a Tomos Dylan, a Bilco a Tomos, yn y drefn yna, i lawr yr ale hir i gyfeiriad yr allor. Fe'u rhoddwyd i eistedd o flaen yr eryr pres. Yr oedd yr aderyn â'i adenydd ar led, a'i geg ar agor.

"Os na fyddi di'n bihafio fe fydd y 'deryn 'na'n dy f'yta di," meddai Tomos wrth Tomos Dylan. Closiodd hwnnw at ei fodryb.

"Dim clebran, plîs," protestiodd llais y Ficer o'r tywyllwch y tu hwnt i'r allor. Yna, fe ddaeth allan fel ysbryd gwyn yn hofran o ddrws y festri. Yr oedd wedi gweld y priodfab a'i was yn cyrraedd ac aeth i'w cyfarfod, ac yn ôl watsh Tomos buont ddeng munud cyn cyrraedd yr allor. Daeth dagrau i lygaid Marged wrth iddi gofio am

Defi Wili yn dod ar ei wyliau i Nant Gors Ddu lawer blwyddyn yn ôl bellach, a gorchfygwyd hi'n llwyr wrth feddwl ei bod hi a Tomos wedi cael gwahoddiad i fynd yr holl ffordd i'r briodas.

Buont yn disgwyl yn hir am ddyfodiad Sali Mei. Yr oedd Tomos Dylan yn fwy tawel nag arfer, oblegid yn awr ac yn y man deuai wyneb y Ficer i'r golwg cyn cilio 'nôl drachefn fel Pwnsh ar y prom yn Aberystwyth. Daliai Tomos i edrych yn freuddwydiol ar y ddau angel cerfiedig i fyny fry o dan y nenfwd—'Angylion yr Atgyfodiad' meddyliodd.

Yn sydyn adfywiodd yr organyddes a fu'n hanner cysgu yng nghôl yr organ ers chwarter awr. Seiniodd y nodau cynhyrfus 'Ymdeithgan y Briodasferch' nes bod y llwch yn tasgu o berfedd yr offeryn. Neidiodd Tomos yn wyllt yn ei sedd, nes iddo gredu am foment fod Dydd y Farn wedi gwawrio. Gafaelodd Tomos Dylan yn dynnach ym mraich ei fodryb mewn ofn, a chododd y gwahoddedigion, ddeuddeg ohonynt, ar eu traed.

Gorymdeithiodd Sali Mei i lawr yr ale yn araf ar fraich y dyn tal—ei chefnder o Borthmadog fel y deallwyd yn ddiweddarach. Ffaten fechan oedd hi, a chopa ei chap angora o borffor gwelw yn cyrraedd at gesail ei chefnder.

Cardigan flewog wedyn o'r un lliw a'r un deunydd â'r cap, blowsen a sgert wen, a 'sgidiau bychain o'r un lliw â'r cap a'r cardigan. Cariai dusw o rug a blodau rhododendrons o gornel cae Pwll y Broga yn ei llaw. Wrth ei gweld yn mynd heibio mor urddasol cafodd Marged bwl o lefen, ond edrychodd Tomos yn syn arni:

"Coese corgi," meddai o dan ei anadl.

Gosododd y cefnder o Borthmadog ei gyfnither yn deidi yn ymyl Defi Wili, a chiliodd yn fonheddig o'r neilltu. Edrychodd y priodfab a'r briodasferch ar ei gilydd fel pe baent yn cyfarfod am y tro cyntaf. Syllodd y Ficer yn ddiamynedd ar y gwas priodas wrth weld hwnnw fel smociwr slafaidd yn chwilio yn obeithiol yn ei holl bocedi am fatshen. Wedi i Shincin ddod o hyd i'r fodrwy golledig aeth y Ficer yn ei flaen i uno Defi Wili a Sali Mei, gan roi diwedd ar ugain mlynedd o garwriaeth off-an-on.

Aeth hanner awr arall heibio cyn i'r pâr priodasol a'r gwahoddedigion gyrraedd y Green Cow.

Teimlai Tomos bron llwgu wrth eistedd wrth y bwrdd. Yr oedd wedi yfed ei gawl seleri cyn i'r Ficer ddod yn ystyfnig o'r bar i ofyn bendith. Bu Tomos yn lwcus am nad oedd Tomos Dylan yn hoffi blas y seleri, ac fe drosglwyddwyd y cawl i Tomos er mwyn iddo fwrw ati fel pawb arall ar ôl i'r Ficer eistedd.

A dyna wledd. Cig oen. Tatws. Moron. Pys. Cabej. Grefi. A mint sos, na sylwodd Tomos arno cyn iddo orffen ei blated. A rhyw bwdin amheus a fedyddiwyd yn 'Green Cow Speshal'. Cafodd Tomos Dylan hwnnw yn gyfnewid am y cawl seleri, ac yr oedd pawb yn hapus wedyn.

Dim ond tri gafodd siarad. Shincin y gwas priodas wrth gwrs, a soniodd amdano ef a Defi Wili ar bobo feic yn hebrwng dwy ferch ffarm adre o ffair Dolgelle, a storm o fellt a tharanau a llifogydd yn eu gorfodi i gysgu mewn sied wair dros nos. Aeth yn stop arno. Anghofiodd beth oedd ganddo i'w ddweud, ac eisteddodd i lawr. Ond cafodd nerth i alw ar Tomos i ddweud gair.

Cododd Tomos yn araf ar ei draed. Bu Marged am nosweithiau yn ei ddysgu i gofio rhyw ddeg o frawddegau rhesymol na fyddai cywilydd ar neb eu harddel, gyda dwy adnod am y wraig rinweddol o lyfr y Diarhebion i orffen yr araith. Ni wyddai Marged fod Tomos yn bwriadu gorffen gyda'r stori am y nani-gôt a'r bwch gafar.

Llefarodd gydag arddeliad, a'r adnodau o'r Diarhebion yn berorasiwn ysgubol. Aeth pawb i guro dwylo, ac yn sŵn y gymeradwyaeth cododd y Ficer ar ei draed i siarad gan feddwl bod Tomos wedi gorffen. Eisteddodd Tomos yn siomedig, am na chafodd gyfle i ddweud y stori am y nani-gôt a'r bwch gafar. Yr oedd Marged yn falch o Tomos. Plygodd y fenyw â'r het felen a eisteddai gyferbyn â hi ymlaen:

"Ro'dd ych gŵr chi'n dda. A ma' fe'n gw'bod 'i Feibil."

Atebodd Marged yn fonheddig:

"Diolch yn fowr i chi. Fydd Tomos Ni byth yn gweud pethe dwl mewn priodas."

Rhoddodd Bilco ei wefusau wrth glust Wncwl Tomos:

"Very good, Wncwl Tomos. Ffantastic."

"Ches i ddim cyfle gan y 'ffeiriad 'na i 'weud y stori am y nani-gôt a'r bwch gafar."

Clywodd clustiau mawr Tomos Dylan y cyfan. Beth tybed oedd y stori am y nani-gôt a'r bwch gafar?

Wedi sgwrs hir ar y diwedd gyda Defi Wili a Sali Mei, daeth yr amser i fynd tuag adre. Yr oedd hiraeth ar Defi Wili wrth eu gweld yn barod i gychwyn.

"Diolch i chi am ddod. Cofia fi at dy fam, Bilco."

Rhoddodd bapur pumpunt i Tomos Dylan. Gwasgodd law Tomos:

"Ro'ch chi'n anfarwol, Tomos."

Powliodd y dagrau dros ruddiau Marged.

Aeth Tomos Dylan i gysgu yn y car. Cyn dod i Fachynlleth deffrôdd yn sydyn. Plygodd ymlaen i sibrwd yng nghlust Wncwl Tomos:

"Wncwl Tomos, gwedwch y stori am y nani-gôt a'r bwch gafar."

"Bore fory," sibrydodd Tomos.

Y noson honno ni fedrai Tomos gysgu. Yn ei freuddwyd gwelai hanes y briodas yn y *North Wales Express*. 'The brilliant speech of Mr. Tomos Williams Nant Gors Ddu, South Wales.' Aeth i gysgu wrth ddarllen y frawddeg olaf:

'The honeymoon is being spent at Pwll y Broga.'

* * *

88

Bu Tomos yn yr hospital unwaith o'r blaen. Y tro hwnnw, ar ôl archwiliad manwl, cafodd fynd adre heb unrhyw driniaeth, a rhoddwyd gwybodaeth i Dr. Huws, ei feddyg, ei fod yn dioddef o Hypochondriasis, yr hyn o'i gyfieithu yw afiechyd yn y meddwl.

Wedi dyddiau o boenau ysbeidiol cafodd Tomos ei hun yn ôl yn yr un hospital, ac yn yr un ward. Pan ofynnodd Dr. Huws iddo ar ôl cyrraedd Nant Gors Ddu beth oedd yn bod, yr oedd ateb parod gan Tomos:

"Yr un peth â'r fuwch ddu o'dd gyda ni 'slawer dydd. Ro'dd honno pan fydde hi'n par'toi i ddod â llo yn 'i dwbwl mewn poene, a'r fynud nesa' fe fydde'n b'yta gwair fel ta dim byd yn bod. Ma'r peth yn od."

Ar ôl ymgynghori'n hir a chael cadarnhad gan Marged fod Tomos yn dweud y gwir, daeth Dr. Huws i'r penderfyniad mai'r peth gorau oedd i'r claf fynd i'r hospital er mwyn iddynt gadw llygad arno. Cyrhaeddodd yr ambiwlans i'w gyrchu yn gynnar yn y prynhawn, a chyn amser swper aeth Hanna Jên, sy'n byw yn y tŷ yn ymyl y ciosc teliffon, ar ei beic i Nant Gors Ddu i ddweud wrth Marged fod Tomos yn 'cweit comfortabl', ond nad oedd i gael bwyd am ei fod 'under obstarvation', yn yr 'extensive care.'

Er gwell neu er gwaeth yr oedd Tomos Dylan, crwt Bilco o Gwm Aberdâr, ar ei holides yn Nant Gors Ddu pan ddigwyddodd y peth. Roedd yn gwmni mawr i Marged, ond nid oedd diwedd ar ei gleber:

"Anti Marged."

"Ie, bach?"

"Pe bydde Wncwl Tomos yn marw, be' fyddech chi yn 'neud â'i hat, a'i gôt, a'i drowsus e?"

"Dyw Wncwl Tomos ddim yn mynd i farw. Pam wyt ti'n gofyn."

"Ew! Fe fydden nhw'n grêt i 'neud dillad i Gei Ffôcs."

89

Anwybyddodd Marged ei syniadau dwl, ond yr oedd gwên ddiflas ar ei hwyneb.

Y bore cyntaf yn yr hospital deffrôdd Tomos yn sydyn. Edrychodd allan i'r hanner tywyllwch, a gallai weld y defaid wedi dod lawr o'r Banc. Chwibanodd ar yr ast. Daeth y nyrs i'r ystafell.

"Welwch chi'r defed 'co? Welwch chi'u llyged nhw? Y tacle."

"Lampe'r strît yw'r rheina Mr. Williams. Dowch 'nawr i ga'l wash fach."

Cododd Tomos ar ei eistedd cyn i'r nyrs osod y tywel dros ei ysgwyddau. Yna, trochodd y sebon persawrus yn y dŵr cynnes. Teimlai Tomos yn ddiymadferth, ond yr oedd braich gref y nyrs yn ei gynnal. Daeth aroglau hyfryd i'w ffroenau, fel yr aroglau o Ddyffryn y Rhosynnau y soniai Mr. Jones y gweinidog amdanynt yn ei bregeth. Yr oedd ei drwyn ym mynwes yr angyles wrth iddi olchi ei war.

"Ma' smel neis iawn arnoch chi, nyrs. Yn wahanol i Marged Ni."

"Dyna chi, Mr. Williams. Fe gewch chi gwpaned o de 'nawr. Rhaid g'neud rh'wbeth i'r gwallt 'ma gynta'. Ble ma'r grib?"

Nid oedd ef na Marged wedi ystyried hynny. Anodd cofio am grib wrth ddisgwyl am ambiwlans. Tynnodd y nyrs addfwyn grib o'i phoced. Fel y sylwodd Tomos, o'r boced yn ymyl ei chalon.

"Shwd ych chi'n arfer g'neud ych gwallt, Mr. Williams?"

"Pan fydda' i'n mynd i'r capel fe fydda' i'n g'neud Q.P. Bob d'wrnod arall dim ond tynnu'r grib drwyddo fe."

Yr oedd Tomos yn hapus, a haul y bore yn gwenu ar y bryniau pell. Daeth y nyrs â chwpanaid o de iddo.

Ni fedrodd fwyta'i frecwast. Yr oedd yr uwd fel pwdin brogaid, a'r bara menyn fel papur llwyd, ac fe'u gwthiodd oddi wrtho cyn syrthio i gysgu. Wrth iddo gau ei lygaid cofiodd am bregeth Ifans Biwla yn y Capel Bach y Sul cynt.

Pregethai Ifans ar yr Anner Goch o Lyfr y Datguddiad—a phregeth ryfedd oedd hi, a dweud y lleiaf. Yr oedd Tomos wedi gweld a magu llawer anner yn ei ddydd, ond yr oedd yr anner a ddisgrifiai Ifans yn greadur cynddeiriog a pheryglus. Ceibiai'r ddaear â'i chyrn nes bod y llwch yn codi'n gymylau, ac yr oedd ei llygaid yn goch o gynddaredd; deuai mwg allan o'i ffroenau, ysgydwai ei chynffon fel cynffon draig, a chrynai'r ddaear o dan ei thraed. Pan ddihunodd Tomos yr oedd anadl yr Anner Goch yn boeth ar ei wegil, a rhuthrodd y nyrs i'w achub cyn iddo syrthio allan o'i wely, a gwthiodd lwy i'w geg rhag iddo lyncu ei dafod. Yr oedd yn chwys diferu, a'r boen yn ei frathu fel cyllell. Daeth y doctor i'w archwilio.

"Rwy' am iddo gael X-Ray y prynhawn 'ma."

Ac i ffwrdd ag ef gan adael Tomos yng ngofal y nyrs. Gwenodd yr angyles:

"Fe gesoch chi hen freuddwyd cas, Mr. Williams."

Awr yn ddiweddarach yr oedd Hanna Jên ar ei thaith i Nant Gors Ddu â'r newyddion diweddaraf. Codai'r defaid eu pennau i edrych yn syn arni wrth iddynt weld y creadur rhyfedd yn mynd heibio ar gefn beic.

Gorweddai Dic yr Hewl yn yfed ei de deg yng nghysgod y bont. Nid arno ef oedd y bai am fod compiwter y Cownti Cownsil wedi anghofio ei roi gyda'r gang, ond yr oedd ei gyflog yn cyrraedd gyda'r post yn brydlon bob wythnos.

"Ble rwyt ti'n mynd mor fore?"

Ni chafodd ateb. Gwaeddodd yn uwch.

"Ma' dy hosan di ar dro."

"Ma' dy drwyn dithe ar dro."

Pedlodd hithau yn ei blaen yn erbyn y gwynt yn ei dauddwbl, a'i thrwyn bron cyffwrdd â'r olwyn flaen. Nid oedd am wastraffu amser i ddal pen rheswm â Dic yr Hewl pan oedd Marged yn disgwyl am newyddion o'r hospital.

Ar aelwyd Nant Gors Ddu daliai Tomos Dylan i groesholi ei fodryb.

"Anti Marged, be' sy'n bod ar Wncwl Tomos?"

"Dwn i ddim, bach."

"Odi Doctor Huws yn gw'bod?"

"Nag yw. Dyna pam helodd e Wncwl Tomos i'r hospital."

"Pam na fydde Wncwl Tomos yn ca'l X-Re i ga'l gweld tu miwn iddo fe? Falle fod 'na r'wbeth wedi bloco."

Synnodd Marged at ei wybodaeth, ac ni wyddai beth i'w ddweud wrtho. Cyfarthodd yr ast. Gwelsant Hanna Jên yn dod at y tŷ. Taflodd ei beic i dalcen y sied, a rhuthrodd i'r tŷ. Gwaeddodd yn y pasej.

"Marged Williams, ma' gen i niws i chi. Ma' Tomos Williams yn ca'l X-Re y prynhawn 'ma!"

Cododd Marged ei breichiau mewn syndod.

"'Nawr cyn iti ddod, o'dd Tomos Dylan yn gweud y dyle Tomos ga'l X-Re. Wel, wel, meddylia am yr un bach yn gweud fel 'na. Falle bydd e'n ddoctor ryw dd'wrnod."

Ysgydwodd Tomos Dylan ei ben mewn cydymdeimlad â'i fodryb Marged. Edrychodd i fyny i'w hwyneb:

"Fe fydd Wncwl Tomos wedi marw cyn y bydda' i yn ddigon mowr i fod yn ddoctor." Brysiodd Marged i wneud te i Hanna Jên.

Yn yr hospital daliai Tomos i eistedd ar y gadair wrth ymyl ei wely. Nid oedd fawr o flas ar fywyd heb smôc. Meddyliai am ei bibell a'i faco yn segur yn Nant Gors Ddu, ac yntau heb ddim i'w wneud. Daeth dyn mewn côt wen ato.

"'Nawr te Mr. Williams. Beth am fynd am dro bach?"

"Alla' i ddim mynd mas heb ddim ond peijamas amdana' i."

Gwthiodd y Gôt Wen gadair-olwyn i'w ymyl:

"Ma'r doctor wedi gofyn inni dynnu'ch llun chi."

"Be' sy'n bod arnoch chi? Dwy' ddim wedi dod 'ma i dynnu'n llun. 'Tasech chi wedi gweud fe allen i fod wedi dod â'r llun dynnes i yn priodas Bilco yn Aberdâr. Ma' hwnnw'n lun da, a do's dim c'wilydd arna' i arddel e. Pam ych chi'n gwario arian y wlad i dynnu llunie?"

"Rych chi'n dod 'da fi i ga'l X-Ray."

"Pam na 'wedech chi hynny, yn lle p'rablu mewn damhegion?"

Wedi ychydig ymdrech a chamddealltwriaeth fe'i cafwyd i'r gadair-olwyn, a'i wyneb i'r cyfeiriad iawn, i'w wthio drwy'r coridor, i mewn i'r lifft, ac allan trwy goridor arall nes dod at y drws gwyrdd a'r llythrennau X-Ray Department arno. Daeth menyw denau allan.

"Mae'n ddigon hawdd gweld drw' honna heb X-Re," meddyliodd ag ef ei hun.

"Shwd ych chi'n teimlo?" gofynnodd y Gôt Wen iddo wrth ei weld yn edrych mor ddiflas.

"Yr un peth â babi mewn pram. Dwywaith yn blentyn."

"Dim byd i ofidio amdano fe, Mr. Williams."

"Be' os bydd y mashîn yn ffindio rhyw ddrwg tu fiwn i fi?"

"Rhaid i ga'l e o 'na wedyn, a fe wellwch fel y boi."

Agorwyd y drws. Gosodwyd Tomos ar asgwrn ei gefn mewn gwely cul. Wedi gwasgu'r botwm, cludwyd y claf yn araf i ben ei daith ac yna yn ôl. A disgwyliai'r Gôt Wen amdano i'w helpu i'r gadair-olwyn.

"'Na ni. Shwd deimlad o'dd e?"

"Yr un peth yn gwmws â mynd miwn a mas o ffwrn wal."

Ni wyddai'r Gôt Wen beth oedd ffwrn wal.

Nid oedd Marged wedi bwriadu mynd i weld Tomos y noson honno, ond yr oedd Wil Soffi yn mynd â rhywun arall i'r hospital a chafodd Marged a Tomos Dylan lifft yn y fargen. Gwyddai Wil ei ffordd o gwmpas ac ni fuont yn hir cyn dod o hyd i Tomos, a'i gael yn cysgu'n sownd. Aeth Marged ymlaen ato. Ysgydwodd ei fraich yn dyner. Daeth gwên i'w wyneb.

"Chi nyrs sy' 'na?"

"Marged sy' 'ma. Dihuna."

Deffrôdd Tomos. Agorodd ei lygaid yn syn.

"A ma' William Jones a Tomos Dylan wedi dod i dy weld."

Yr oedd Tomos Dylan wedi dod o hyd i silinder ocsijen yn y coridor gyferbyn â gwely Tomos, a gallent ei weld drwy'r panel gwydr:

"Paid gaf'el â hwnna, bach, rhag ofan y cei di ddolur," meddai Marged.

Ni fedrai Tomos Dylan ddeall beth oedd pwrpas silinder ocsijen mewn hospital. Gwelsai declyn cyffelyb mewn garej yng Nghwm Aberdâr, a fflam las yn chwythu allan o'i drwyn. Druan o Wncwl Tomos os oedd rhaid weldio rhannau o'i gorff wrth ei gilydd.

Cododd Tomos ar ei eistedd yn ei wely. Edrychodd yn gas ar y crwt na fedrai gadw'i ddwylo'n llonydd:

"Gad hwnna i fod. Rwyt ti'n gwrando dim."

Cyn iddo orffen y frawddeg bron disgynnodd contrapshon y silinder ocsijen yn glariwns i'r llawr nes dychrynu pawb oedd o gwmpas. Gwasgodd Tomos Dylan ei ddwylo am ei glustiau gan ddisgwyl ffrwydrad, ond ni ddigwyddodd ddim. Gwylltiodd Tomos yn gacwn:

"Y mowredd annw'l Marged, cer â'r crwt 'na adre cyn iddo fe 'hw'thu'r lle 'ma'n yfflon rhacs. Be' sy'n bod arnat ti? Rwyt ti'n wa'th na dy dad."

Gafaelodd Wil Soffi ym mraich Tomos Dylan, a mynd ag e am dro allan o olwg pob drygioni. A chafwyd heddwch yn y gwersyll, fel y dywedir yn y Beibl. Cafodd Marged gyfle i holi Tomos am yr X-Ray.

"On'd y'n nhw'n gneud pethe rhyfedd, a thithe'n cysgu."

"Do'wn i ddim yn cysgu. Ro'dd y'n llyged i ar agor led y pen."

"Gest ti ddolur?"

"Naddo."

"Feddylies i erio'd y byddet ti mor ddewr."

Aeth Marged i'w bag:

"Ma' Leisa Gors Fowr wedi hela poteled o Liwcosêd i ti. A phaced o fiscits wrth Sara Gors Ganol. A meddylia am Hanna Jên yn hela grêps i ti. Rwyt ti'n barchus iawn cofia."

"Ble ma'r bibell a'r baco a'r matshys?"

"Ma' nhw gen i yn y bag. Bydd yn rhaid i fi ofyn i'r nyrs a gei di smoco."

"Rho nhw yn y drâr fanna. Fe ddo' i i ben â'r nyrs."

Hedfanodd yr awr wrth iddynt glebran am hyn a'r llall. Canodd y gloch, ac aeth Marged i chwilio am Wil Soffi a Tomos Dylan. Cododd ei llaw ar Tomos wrth fynd. Tybiodd ei fod yn falch o gael ei chefn, ond na, roedd hynny'n amhosibl.

Cyn gynted ag yr aeth Marged o'r golwg gofynnodd Tomos am ganiatâd y nyrs i fynd am dro ar hyd y coridor i ystwytho'i goesau. Fe'i canmolodd am ei ymdrech ond ni wyddai hi fod ganddo gynllwyn wedi ei drefnu yn ofalus ymlaen llaw yn ei feddwl. Aeth yntau yn ei flaen yn hamddenol nes dod at ddrws yr ystafell lle cedwid yr offer glanhau: dwsteri, brwshys, clytiau, polish, dau hwfer; a chadair a bwrdd at wasanaeth y glanhawr. Nid oedd Tomos wedi cael smôc ers deuddydd. Caeodd y drws gan adael rhyw fodfedd yn gilagored; llanwodd ei bibell i'r ymylon, ac eisteddodd yn y gadair i gael mygyn. Roedd y profiad yn fendigedig. Nid oedd wedi cael cystal blas ar smôc erioed.

Daeth Sister Jincins i lawr y coridor, a'i meddwl ar y doctor ifanc o Bacistan oedd wedi ei gwahodd allan i swper nos Sadwrn. Yr oedd dros ei phen a'i chlustiau mewn cariad ag ef. Nid yw serch yn hidio am liw croen. Yn sydyn, daeth aroglau mwg i'w ffroenau; nid mwg y baco hwnnw a hysbysebir ar y teledu i ddenu merched, ond rhyw arogl drewllyd. Yna, sylwodd fod y mwg yn dod allan trwy gil drws ystafell yr offer glanhau. Rhuthrodd Sister Jincins i ganu'r gloch dân ond cyn iddi gyrraedd daeth rhywun â'r teclyn sy'n diffodd tân. Agorodd y drws yn ffyrnig, a

95

beth welodd yno ond Tomos yn ei byjamas yn eistedd yn hamddenol yn mwynhau y smôc flasusaf. Yr oedd Sister mewn sterics:

"Y dyn dwl. Rhowch y bibell 'na i fi. Fe allech fod wedi rhoi'r hospital ar dân. 'Nôl â chi i'r gwely ar unwaith."

Dychwelodd Tomos i'w ystafell fel ci lladd defaid yn mynd adre'n euog. Cyn iddo gael amser i setlo lawr daeth dwy nyrs i'w wthio yn ei wely allan i'r coridor. Suddodd ei galon.

"Ble rych chi'n mynd â fi?"

"I'r tw-beder. Ma' rhywun arall am ddod fan hyn."

Cafodd ei osod yn yr ystafell nesaf ond un. Daeth Sister Jincins â'i locer i'w ganlyn. Nid oedd gwên ar ei hwyneb.

"Ce'wch i gysgu," meddai'n swta.

A dyna wnaeth. Fel bachgen drwg wedi cael ei yrru i'w wely.

Pan ddeffrôdd fore trannoeth sylwodd ar y dyn rhyfedd yn y gwely gyferbyn ag ef. Yr oedd ganddo wyneb cochlyd, a mwstash anferth fel handls beic. Y math o ddyn na fyddai gobaith o gwneud cyfaill ohono, na chael sgwrs am grefydd ag ef. Mae'n rhaid ei fod wedi cyrraedd yn ystod y nos. Mentrodd Tomos ei gyfarch.

"Bore da."

"Bore da i tithe. Chysges i ddim winc. Ro't ti'n 'hw'rnu fel tanc yn sownd mewn swnd."

Yr oedd hwn yn Gymro beth bynnag. A pha hawl oedd ganddo i alw 'ti' arno?

"Pwy ga' i 'weud ych chi, os ca' i fod mor ddifanyrs â gofyn?"

"Major. Ecs-Armi. Os wyt ti'n diall."

Gan fod y dyn mor wybodus gofynnodd Tomos iddo am eglurhad. Pam yr oedd y nyrs wedi gosod label blastig am ei arddwrn a'i enw 'TOMOS WILLIAMS' arno? Atebodd y Major yn blwmp ac yn blaen:

"Er mwyn i Pedr dy 'nabod ti."

Penderfynodd Tomos ei adael yn llonydd.

Llithrodd y Major allan o'i wely. Fel hen gi yn ymysgwyd o'i gwsg, ymestynnodd ei goesau a'i freichiau. Edrychodd Tomos yn syn arno wrth ei weld yn plygu i gyffwrdd y llawr â blaenau ei fysedd, a chodi a gostwng fel rhyw froga. Yna gorweddodd ar asgwrn ei gefn ar y llawr a phedlo'r awyr fel ffŵl. Daeth Tomos i'r penderfyniad nad oedd y dyn yn gall, ond yr oedd ei gamocs yn help i fyrhau'r bore.

"Rwy'n *keep fit fanatic*. Fe ddylet tithe 'neud hyn i unioni dy goese yn lle cerdded ar dy din."

Ni fedrodd Tomos ddal yn hwy:

"Os ych chi'n ffit pam ych chi wedi dod fan hyn?"

Pwdodd y Major am y gweddill o'r dydd. Yr oedd Tomos islaw sylw dyn o'i statws ef.

Pan gyrhaeddodd Marged yn brydlon erbyn saith a Tomos Dylan gyda hi, y peth cyntaf a ofynnodd oedd:

"Pwy yw'r dyn dierth bach 'na, Tomos?"

"Major, medde fe."

"Pwy feddylie byth y byddet ti yn ca'l cysgu yn yr un rwm â dyn pwysig. Dyna onor i ti."

Mynnodd Marged gael gair â'r Major:

"Fi yw gwraig Tomos. Ma' fe'n gweud ych bod chi'n Major. Faint fuoch chi yn yr armi?"

"Deugen mlynedd."

"A rych chi'n dal yn fyw ar ôl bod yn ymladd am ddeugen mlynedd. Dyna ddyn lwcus ych chi."

Gwisgodd y Major ei slipyrs i fynd allan i chwilio am lonyddwch. Cysgodd Tomos ar ôl i Marged fynd, a phan ddeffrôdd fore trannoeth nid oedd y Major yn ei wely.

Daeth dydd mawr yr Opereshon. Yr oedd Corsfab, gohebydd lleol y *Cambrian Gazette*, eisoes wedi ysgrifennu dau adroddiad—un i ddweud bod yr Opereshon wedi bod yn llwyddiant, gan ddymuno adferiad llwyr a buan i Mr. Tomos Williams, a'r llall i gydymdeimlo â Mrs. Marged Williams yn ei phrofedigaeth lem. Nid oedd ganddo wedyn ond postio un a llosgi'r llall.

Yn yr hospital daeth y Gôt Wen a'r nyrs i gyrchu Tomos yn y troli. Rhoddwyd cap gwyn am ei ben i gyfateb i'r wisg oedd amdano, a'i wthio'n araf i lawr y coridor, i'r lifft, ac allan at y drws â'r golau coch. Stop wedyn fel y byddech yn disgwyl wrth ddod at olau coch. Syllodd rhyw fenyw arno:

"Lwc Dda i chi," meddai, mor hapus â phe byddai'n dweud "Priodas Dda".

Agorodd y drws, a gwelodd Tomos res o greaduriaid mewn capiau a gwisgoedd gwyrdd yn debyg iawn i Orsedd y Beirdd, a dyn mawr fel Archdderwydd yn eu canol. Daeth un o'r creaduriaid ymlaen i roi chwistrelliad yng nghefn ei law chwith.

Suddodd Tomos yn hapus i ryw wely plu dychmygol. Prynhawn o haf oedd hi, ac yntau a Marged yn mynd â'r llo penwyn allan am y tro cyntaf o dywyllwch y crit i'r haul a'r goleuni, a'r borfa yn y Cae Bach. Llwyddodd i gael y rheffyn am wddf y llo a gwnaeth Marged ei rhan gan wthio ei ben-ôl nes i'r llo ddod allan i'r goleuni, ond daeth yr ast o rywle gan afael yn ei droed â'i dannedd miniog. Rhoddodd y llo sbonc anferth gan adael Marged i gusanu clawdd yr ardd, a gosod Tomos i eistedd yn deidi ar drothwy'r domen.

Wedi ymdrech hir cododd Tomos ar ei draed i weld y llo penwyn yn carlamu fel gafrewig dros wastadedd y Cae Dan Tŷ ac i lawr i gwm yr afon. Ymgasglodd y cymdogion o bob cyfeiriad fel diwrnod angladd, ac erbyn i Tomos a Marged gyrraedd yr oedd y llo mewn dwylo diogel.

Dihunodd Tomos. Clywodd lais y nyrs uwch ei ben.

"Dyna ni, Mr. Williams. Ma'r cyfan drosodd."

Gwenodd yntau, ac aeth yn ei ôl i gysgu.

Amser te yr oedd Hanna Jên, sy'n byw yn ymyl y ciosc teliffon, yn disgwyl i'r cloc daro pedwar, er mwyn iddi ffonio'r hospital, a mynd â'r neges i Marged. Ond am chwarter i bedwar yr oedd Dic yr Hewl yn un o'r tai ar fin ffordd y mynydd yn barod i chware tric ar Hanna Jên. Gallai Dic ddynwared Sais yn berffaith.

Neidiodd Hanna Jên yn wyllt o'i chadair pan glywodd gloch y teliffon yn canu, a rhedodd allan i'r ciosc.

"Helo."

"Is that Miss Jones?"

"Ies ies. Hanna Jên Jones. Whot dw iw want with me?"

"I'm speaking from the hospital. I understand that Mrs. Margaret Williams is your next door neighbour."

"No, no, not necst dôr, iw si. Shi lifing up ddi mownten iw si. Iw want mi to go yp on mei beic?"

"Tha's very kind of you Miss Jones. Will you please tell Mrs. Williams that her husband has had his op..."

"Weit a minit. Did iw sei 'his op'?"

"Sorry, Miss Jones. I meant that Mr. Williams has had his operation, and his condition is very satisfactory."

"Whot was ddi trybl of Mr. Tomos Williams?"

"Between the two of us, but don't tell Mrs. Williams, he had a big swelling on his backside. It was a tricky oper-

99

ation, and it will take about two months before he can sit comfortably."

"Jiw, jiw, it wos e nasti opereshon then...
Tel mi anyther thing..."

Tawelodd y llais, ac er gweiddi 'Helo' nid oedd neb yn ateb. Neidiodd Hanna Jên ar ei beic. Eisteddai Dic yr Hewl erbyn hyn ar y clawdd uchlaw'r tŷ ar y tro, yn hogi ei gryman.

"Ble rwyt ti'n mynd, Hanna Jên?"

"I Lynden i weld y Cwîn."

Doedd dim raid iddo fe wybod ei busnes hi.

"Watsha di'r corgwn. Ma' hanner dwsin 'da hi."

"Be' wyt ti ond corgi."

Nid oedd yn mynd i ddweud wrtho yr hyn a wyddai hi am gyflwr Tomos. Y broblem fawr oedd cau ei cheg, pheidio â dweud y cyfan wrth Marged.

Disgwyliai Marged amdani. Agorodd y drws led y pen pan welodd y beic yn dod at y tŷ, ac eisteddodd ar y sgiw i dderbyn y newyddion da, neu ddrwg.

"Dere miwn, Hanna Jên."

Eisteddodd hithau yng nghadair Tomos. Digon anesmwyth oedd honno i eistedd ynddi o gofio'r gyfrinach a gawsai dros y ffôn o'r hospital. Cofiodd fod ganddi gwshin trwchus y gallai Tomos ei gael. Disgwyliai Marged. Pam yr oedd Hanna Jên yn oedi cyn dweud ei neges?

"Gwd niws i chi. Ma' fe wedi dod rownd. As wel as his ecspecting!"

"Diolch byth. Gest ti w'bod beth o'dd yn bod arno fe?"

"Naddo. Mae'r teliffons yn ddrud, a do's dim amser ond i 'weud y pethe pwysig."

"Rwyt ti'n iawn. Y peth pwysig 'nawr yw fod Tomos Ni'n gwella. Dere i ga'l cwpaned o de."

Sleifiodd Tomos Dylan allan yn slei i gael golwg ar feic Hanna Jên wrth dalcen y sied. Oedd, yr oedd y brêcs yn gweithio'n iawn. Fe wyddai trwy brofiadau hallt ei oes fer fod beic heb frêcs yn beryglus. Cadwodd lygad manwl ar ffenest y gegin rhag ofn fod Anti Marged a Hanna Jên yn ei wylio.

Gafaelodd yn y beic a'i wthio i fyny'r ffordd cyn mynd ar ei gefn. Yr oedd Tomos Dylan wedi cynllunio'r cyfan—i lawr at y beudy, heibio'r stabal, a thu cefn i'r sied wair, yn debyg iawn i drac Brands Hatch. Nid oedd ganddo ddim i'w ofni a gallai gael hanner dwsin o reids cyn i Anti Marged ei alw i'r tŷ i gael ei gwpanaid o laeth a chacen gyrens.

I ffwrdd ag ef, yn araf i gychwyn cyn codi spîd, heb sylweddoli bod un arall o gwmpas â'i diddordeb mewn beics. Cyn iddo gyrraedd y sied wair tasgodd yr ast allan o'r cartws, ac wrth iddo droi i'w harbed a brecio'n sydyn, hyrddiwyd y beiciwr i lwch y domen ludw, a disgynnodd fel boda i'r llawr.

Arswydodd Marged uwchben yr alanas, ond ni wnaeth Hanna Jên ond chwerthin fel ffŵl ar ôl iddi ddeall bod y beic yn iawn. Pan ddaeth Tomos Dylan ato'i hun yr oedd yntau'n ddiolchgar mai ar y domen ludw, ac nid ar domen y beudy, y glaniodd.

Ar ei ffordd yn ôl gwelodd Hanna Jên Dic yr Hewl yn rhuthro allan o'i dŷ brics a'i freichiau ar led wrth geisio ei hatal. Pedlodd hithau nerth ei thraed er mwyn mynd heibio iddo.

"Beth yw hanes Tomos?" gwaeddodd ar ei hôl.

"As wel as be ecspecting."

"Beth o'dd yn bod arno fe?"

"Paid holi. Chei di ddim gw'bod."

Diflannodd Hanna Jên heibio i'r goeden onnen. Os cyfrinach, cyfrinach.

Ond roedd yr Opereshon yn fisteri llwyr nad oes neb eto wedi ei datrys. Pan ddaeth Tomos ato'i hun ar ôl y trip i'r theatr, sylwodd nad oedd clwyf yn unman ar ei gorff. Fe'i daliwyd gan y Sister yn archwilio'i gyfansoddiad, a dywedodd honno wrtho, heb flewyn ar ei thafod, mai dim ond mwnci fyddai'n bihafio felly yng ngolwg pawb.

Gofynnodd i'r nyrs am eglurhad, ond ni wnaeth honno ond siarad mewn jargon aneglur am 'laser' a phethau felly.

Synnodd Marged hefyd pan gafodd wybod cyn y Sul y gallai fynd i'w gyrchu adref. Yr oedd ei syndod hithau'n fwy wedi iddi ei archwilio'n fanwl:

"Ma'i gorff bach e mor lan â chorff babi bach. Dim marc yn un man. Ma'r peth fel gwyrth."

Yr oedd Hanna Jên yn meddwl yn wahanol. Yn ôl y neges a gawsai o'r hospital, fel y deallai hi'r Sais a roddodd y wybodaeth gyfrinachol iddi, yr oedd yr Opereshon mewn man lletwith iawn—a dweud y gwir, mewn man na fyddech chi ddim yn dweud wrth bawb, ac ni ellid beio Marged am gadw'r peth yn dawel. A phan aeth hi â'r cwshin yn bresant, synnodd weld Tomos yn eistedd ar y sgiw galed. Ni fedrai hithau erbyn hyn wneud tin na phen o'r peth.

Trafodwyd y peth yn y Blac Leion. Rhai yn taeru na ellir defnyddio laser ac anasthetic, ac eraill yn dadlau yn wahanol yr un mor daer. Aeth rhai mor bell â thystio na chafodd Tomos opereshon o gwbl, ac mai Hypochondriasis oedd arno, fel o'r blaen. Ond celwydd yw hynny.

* * *

TOMOS DYLAN

Cnociodd Ianto'r Post ar ddrws agored Nant Gors Ddu. Yr oedd wrthi'n ymbalfalu yn ei fag am fil y dreth a chatalog Oxendale pan ruthrodd rhywbeth heibio iddo fel cath o dân. Clywodd fygythion a chelanedd Tomos yn bloeddio o gyfeiriad y gegin:

"Dere di 'ma, fe gei di gosfa y byddi di'n cofio amdano tra byddi di byw."

Sylweddolodd Marged fod rhywun yn y drws.

"Dowch miwn, Ifan, i ga'l cwpaned bach o de. Ma' Tomos ni a Tomos Dylan fel ci a'r hwch. Ond dyna fe, dyw Tomos ni ddim wedi arfer â phlant."

"Pwy yw Tomos Dylan?" gofynnodd Ianto wrth sylweddoli mai dyna oedd wedi rhuthro heibio iddo fel corwynt.

"Crwt bach Bilco mab Sara Phebi o Gwm Aberdâr. Ma'r doctor wedi'i hala fe i'r wlad am bythewnos i ga'l awyr iach. Ma'i frest fach e'n wan."

"Cod sy' ise arno fe, nid awyr iach," meddai Tomos.

Hwn oedd y diwrnod cyntaf o'r pythefnos o storom ar ôl storom. Chware teg i Tomos nid oedd Tomos Dylan wedi arfer â ffowls, a buwch a chaseg. A dweud y gwir yr oedd y fuwch a'r gaseg yn ddelfrydol iddo 'whare cowboi' pan na fyddai Wncwl Tomos o gwmpas.

Ar fore ail ddiwrnod o wyliau Tomos Dylan cododd Marged yn sydyn oddi wrth y bwrdd brecwast. Aeth i fyny'n ofalus dros y grisiau, agorodd ddrws yr ystafell wely yn ddistaw rhag iddi ddeffro'r cysgadur bach. Dychwelodd yn ei hôl i lawr i'r gegin.

"Ma' fe'n cysgu fel angel bach. Fe leicwn i ga'l 'i gadw fe a'i fagu," meddai hi wrth blygu i godi briwsionyn o'r llawr a'i fwyta cyn i'r gath ddod o hyd iddo.

Nid oedd Tomos yn teimlo fel magu crwt drygionus yn ei hen ddyddiau, ac anwybyddodd yr hyn a glywodd.

"Fe fydde'n gwmni bach neis i ni'n dou," ychwanegodd Marged.

"Pwy sy'n mynd i redeg ar 'i ôl e pan fydd e'n g'neud drygioni?" protestiodd Tomos, gan boeri dros big y tebot i'r tân.

Erbyn hyn yr oedd Tomos Dylan a fu'n esgus cysgu ag un llygad ar agor wedi codi a gwisgo. Aeth i archwilio'r llofft fel y gwna plentyn busneslyd mewn tŷ dierth. Yr oedd ffenest ystafell wely Anti Marged ac Wncwl Tomos ar agor, a meddyliodd fynd allan drwyddi gan fod llai o ffordd na disgyn dros y grisiau, ond yr oedd yr ast felen islaw yn gwylio'i symudiadau. Yna, cafodd y bychan rywbeth arall i dynnu ei sylw. Nid oedd wedi gweld y fath beth o'r blaen a gafaelodd ynddynt, ond tybiodd fod y dannedd yn chwerthin arno, ac yn ei ofn fe'u taflodd allan drwy'r ffenest agored. Aeth i lawr i'r gegin.

"Dyna fachgen da, yn codi'i hunan fach," meddai Marged.

"Gysgest ti was?" gofynnodd Tomos.

Dyna olwg od oedd ar Wncwl Tomos wrth wenu arno heb ei ddannedd.

"Be' wyt ti am i frecwast?" holodd Anti Marged.

"Bala menyn a jam," atebodd y bychan o Gwm Aber-dâr.

Torrodd Marged frechdan ar ôl brechdan, a Tomos Dylan yn bwyta mor gyflym â hynny. Edrychodd Tomos yn syn.

"Ma' fe'n siwr o'n b'yta ni'n fyw. Dyw e ddim yn ca'l hanner digon o fwyd gartre."

"Paid gweud hen bethe cas fel'na, Tomos. A cher i wisgo dy ddannedd."

Bustachodd Tomos lan star. Gwthiodd ei law i'r basn ar fwrdd y ffenest, ond nid oedd yno ond dŵr. Dyna beth od, meddyliodd. Croesodd i'r landin i weiddi ar Marged.

"Welest ti 'nannedd i?"

"Ma' nhw yn y basn â llun Fictoria. Falle fod Fictoria wedi'u llyncu nhw."

"Gad dy nonsens, fenyw. Dy' nhw ddim yn y basn."

"Wyt ti wedi edrych o dan y gobennydd?"

Chwiliodd Tomos o dan y gobennydd fel pe bai yn ymbalfalu am nyth iâr mewn tas wair. Daeth Marged i'w helpu.

"Falle 'u bod nhw yn dy boced di."

Clandrodd Tomos drwy ei bocedi, ond yn ofer. Edrychodd yn amheus ar Tomos Dylan crwt Bilco, mab Sara Phebi o Gwm Aberdâr.

"Odi'r criadur 'na'n gwbod rhwbeth am 'y nannedd i?"

Dychrynodd Tomos Dylan, a rhedodd i guddio y tu ôl i Anti Marged gan grio.

"Dyna ti wedi hala'r un bach i lefen. Be' nele fe â dy ddannedd di? Falle dy fod ti wedi'u llyncu nhw yn dy gwsg."

Ni fedrai Tomos na Marged ddatrys dirgelwch y dannedd colledig, ac nid oedd Tomos Dylan yn mynd i gyfaddef ei bechod. Disgynnodd y tri i'r gegin. Aeth yr un bach allan yn llechwraidd, a dilynodd Tomos ef yr un mor slei. Fe'i gwelodd yn codi rhywbeth o'r baw gyferbyn â ffenest y llofft. Llamodd o'i guddfan fel plismon yn neidio i ddal lleidr.

"Rwy' wedi dy ddal di, y jafol bach."

Rhedodd y bychan nerth ei draed i'r tŷ at Anti Marged gan leisio a nadu. Cododd Tomos ei ddannedd o'r ddaear a'u sychu â llawes ei got. Bloeddiodd Marged o'r drws agored.

"Pam wyt ti mor gas wrth yr un bach?"

Agorodd Tomos ei law i ddangos ei ddannedd i Marged.

"Wyt ti'n credu 'nawr?"

Disgynnodd dwy bioden ar y goeden ysgawen.

"Y ddwy bioden 'na a'th â dy hen ddannedd di. Ma' nhw'n g'neud pethe fel'na. Cofia di, falle mai Tomos Dylan fydd yn dy wylad di pan fyddi di ar dy wely ange."

"Gobeithio nag e fe. Rwy' am ga'l llonydd i farw."

Cyn yr hwyr daeth heddwch i aelwyd Nant Gors Ddu. Eisteddai Wncwl Tomos a Tomos Dylan o boptu'r tân. Ond er y tawelwch, edrychent yn amheus ar ei gilydd, fel cath yn gwylio llygoden, a llygoden yn gwylio'r gath. Taniodd Tomos ei bibell. Edrychodd y bychan yn syn arno a'i ben ar dro.

"Pam wyt ti'n smoco, Wncwl Tomos?"

"Ma' smôc yn neis. Wyt ti am dreio?"

Llonnodd Tomos Dylan. Yr oedd Wncwl Tomos yn fwy cyfeillgar nag y meddyliodd. Estynnodd ei law fechan allan i dderbyn y bibell o law gorniog ei ewyrth.

Rhoddodd y bibell yn ei geg. Taflodd un goes dros y llall. Teimlai fel hen ddyn. Sugnodd â'i holl egni. Dilynodd ei lygaid y mwg i fyny'r simnai. Dechreuodd deimlo'n hapus ac yn od. Sylweddolodd fod Wncwl Tomos yn cipio'r bibell o'i law. Clywodd sŵn Anti Marged yn dod i'r tŷ. Aeth y wên yn wep. Rhedodd ati fel dyn meddw.

"Rwy'n sic, Anti Marged."

Ni wnaeth Marged ond cyrraedd drws y cefn cyn i Tomos Dylan fynd yn ofnadwy o sâl. Stwffiodd ei bys i'w geg er mwyn iddo fynd yn salach cyn dod yn well. Gorfoleddai Tomos ar y sgiw wrth feddwl iddo ddysgu gwers i grwt Bilco mab Sara Phebi o Gwm Aberdâr. Ond yr oedd storom yn ei aros yntau pan gafodd Marged y gwirionedd am achos y salwch. Rhuthrodd i'r tŷ i ddweud y drefn.

"Rhag dy g'wilydd di, Tomos, yn dysgu'r un bach i smoco."

"Do'dd dim bai arna' i, Marged. Y fe' fynnodd ga'l smôc."

"Dyna ti. Yn rhoi'r bai ar y plentyn. Dwyt ti ddim gwell na phlentyn dy hynan."

Tosturiodd Tomos Dylan wrth Wncwl Tomos, a chlosiodd ato. Nid oedd yn fodlon iawn fod Anti Marged yn dweud y drefn fel hyn. A thawelodd y storom. Yr oedd cochni yn yr awyr uwchlaw Banc yr Hafod a chafodd Marged syniad.

"Tomos," meddai, "cer i ffonio William Jones a gofyn iddo fe fynd â ni i Aberystwyth fory."

"Be' sy' wedi codi yn dy ben di? Mis cyn d'wetha' golchest ti dy dra'd yn y môr o'r blaen. Rwyt ti'n siwr o ga'l bronceitis."

"Meddwl o'wn i y bydde d'wrnod ar lan y môr yn g'neud lles i Tomos Dylan, gan fod 'i frest fach e mor wan."

Nid oedd Tomos yn teimlo fel treulio diwrnod yn Aberystwyth i warchod y crwt melltigedig o'r Sowth. Disgwyliai Marged am ateb:

"Wyt ti'n mynd i ofyn William Jones, neu a fydd yn rhaid i fi fynd?"

Cododd Tomos o'r sgiw mor drafferthus â chlaf yn ymdrechu i godi o'i wely. Mwmialodd rhwng ei ddannedd:

"Beth sydd imi yn y byd?
Gorthrymdere mowr o hyd..."

Gwthiodd ei het yn ôl dros ei wegil cyn brasgamu'n ffyrnig ar ei neges. Gwaeddodd Marged ar ei ôl:

"Paid bod yn hir cyn dod adre, er mwyn i ti 'molchi a newid dy ddillad isa'."

Ni chymrodd arno ei fod wedi ei chlywed. Tynnodd ei het i lawr dros ei dalcen wrth wynebu machlud haul. Nid oedd yn edrych ymlaen at wastraffu diwrnod cyfan yn Aberystwyth.

Yn y tŷ melyn yn ymyl y ciosg yr oedd Hanna Jên yn torri ewinedd ei thraed. Brysiodd i wisgo'i sane pan gyfarthodd yr ast i gyhoeddi bod rhywun yn agosáu.

"Wyt ti adre, Hanna Jên?" gwaeddodd Tomos.

"Odw, neu fyddwn i ddim yn ateb. Dowch miwn, Tomos Williams."

"Na wir, ma' hast mowr arna' i. Ffôna William Jones i ofyn ddaw e lan â'r tacsi bore fory i fynd â ni i Aberystwyth. Hwde, dyma arian y ffôn i ti."

Agorodd ddrws y ciosg iddi ac ymwthiodd hithau fel sach wlân drwy'r porth cul. Cofiodd yn sydyn fod ychydig newid wedi bod ar rifau'r teliffon.

"Ma' gen i broblem fowr, Tomos Williams," meddai Hanna Jên wrth geisio troi yn drwsgwl yn y lle cyfyng.

"Pam na cholli di bwyse, te?"

"Nid 'na'r broblem. Ma' nhw wedi newid y nymbers."

"Ffonia'r operetor."

Yr oedd Hanna Jên yn glefer. Siaradai â hi ei hun wrth wthio'i bys i ddeialu. "Wan....Nôt...Nôt. Fe ddyle honna weithio."

"Wyt ti'n meddwl y cei di'r nymbers reit?"

"Peid'wch clebran, Tomos Williams, neu fe fyddwch chi yn cawlio popeth."

Ymhen tipyn daeth llais merch o'r pellter.

"Can I help you?"

"Yess. Yess. Âr iw ddi operator?"

"Speaking."

"I want tw spîc tw William Jones on ddi ffôn."

"There are more than one William Jones."

Trodd Hanna Jên at Tomos. Yr oedd y ffôn wrth ei gwefusau.

"Glywsoch chi shwd ddwli. Fyddwn i ddim 'ise William Jones Insemineshon."

Disgwyl wedyn. Dim sŵn. Yna'n sydyn:

"Insemination Centre. Can I help you?"

Cythruddodd Hanna Jên.

"I don't want William Jones, Insemineshon."

A slamiodd y ffôn i lawr yn gynddeiriog. Treiodd wedyn.

"Can I help you?"

"Yess. Yess. Âr iw ddi operetor?"

"Oh! It's you again? I've just put you through to the Insemination Centre."

"Ai don't want William Jones Insemineshon. I want William Jones, Tacsi."

A hynny a fu, heb unrhyw drafferth ymhellach.

Am hanner awr wedi deg bore trannoeth yr oedd tacsi Wil Soffi wedi cyrraedd Nant Gors Ddu yn brydlon. Dawnsiai'r bychan mewn llawenydd.

"O's doncis ar lan y môr, Wncwl Tomos?"

"Fy fydd 'na un yn fwy wedi i ti gyrra'dd."

Rhedodd y bychan i'r sedd yn ymyl y dreifar. Gwelodd Tomos y sefyllfa. Ef oedd yn eistedd yn ymyl William Jones bob amser.

"Cer di 'nôl i sêt y gwt at dy fodryb," gorchmynnodd Tomos gan gydio yn ei fraich.

Gafaelodd Tomos Dylan fel gele yn y sedd flaen. Nid oedd am ildio modfedd. Gwelodd Marged beth oedd yn digwydd.

"Gad yr un bach yn llonydd, Tomos. Ma' fe am iste ar bwys William Jones. Dere di 'nôl fan'ma."

"Fi sy' wedi arfer 'iste' ar bwys William Jones."

"Paid bod yn gymaint o fabi, Tomos. Rwyt ti'n fwy plentynnedd na'r crwt bach."

O'r diwedd ildiodd Tomos yn ystyfnig. Cychwynnodd Wil ar y daith helyntus.

"Gobeithio na ddaw hi i'r glaw," meddai Wil er mwyn dweud rhywbeth i ysgafnhau'r awyrgylch.

"Gobeithio bydd hi'n bwrw fel y dilyw," meddyliodd Tomos.

"Dyco eloplên," gwaeddodd Tomos Dylan gan bwyntio'i fys bach eiddil i gyfeiriad yr entrychion pell.

"On'd yw e'n grwt bach clefer yn sylwi ar bopeth," meddai Marged.

"Ma' fe'n graff iawn a 'styried 'i oedran e," ychwanegodd Wil.

"Glywest ti, Tomos, be' 'wedodd William Jones am Tomos Dylan?"

Anwybyddodd Tomos y cwestiwn. Ni ddylai neb faldodi plentyn wrth ei ganmol yn ei glyw. Tynnodd ei bibell o'i boced. Hi oedd ei ffrind gorau.

"Paid smoco yn y tacsi. Ma' Tomos Dylan â'i frest fach e'n wan."

Pwdodd Tomos drachefn. Nid oedd digon o le iddo fe a chrwt Bilco, mab Sara Phebi, mewn byd mor fach. Cododd Tomos Dylan ar ei draed yn gyffro i gyd pan welodd fochyn yn y cae.

"Anti Marged, dyco mochyn. Wch-wch."

"Dyna fachgen bach gwybodus yw e. Meddyliwch amdano fe'n 'nabod mochyn ac ynte wedi ca'l 'i fagu yn Cwm Aberdâr," meddai Marged, yn falch 'i fod e'n perthyn iddi hi.

"Beth arall o'dd e'n ddisgwyl weld? Eliffant?" gofynnodd Tomos yn bwdlyd, 'mron marw am smôc.

Y peth nesaf welodd Tomos Dylan oedd bwgan brain—het am ei ben, a phibell yn ei geg.

"Dyco Wncwl Tomos," sgrechodd yn gyffrous.

Edrychodd Marged i gyfeiriad y mynyddoedd. Gwasgodd Wil ei droed yn drymach ar y throtl, ac aeth Tomos i gysgu â'i ên yn cuddio'i goler a'i dei.

Yn Aberystwyth stopiodd Wil o flaen y siop sigaréts.

"Fydda' i ddim eilad."

"Cym'rwch chi amser, William Jones," meddai Marged.

Daeth y dyn â'r cap melyn a'r bag lledr ar ei ysgwydd yn slei rownd y tro. Gwthiodd ei ben i ffenestr agored y tacsi, nes dychryn Tomos Dylan. Neidiodd dros y sedd i gôl Anti Marged nes taro ei sawdl i drwyn Wncwl Tomos.

"Pwy yw perchen y tacsi 'ma?" holodd y cap melyn yn gas.

Gan nad oedd Tomos yn dweud gair o'i ben atebodd Marged drostynt yn boleit a boneddigaidd.

"Tacsi William Jones yw e, a ma' Tomos a fi wedi dod â Tomos Dylan, crwt bach Bilco, mab Sara Phebi, merch Morgan 'y nghe'nder o Gwm Aberdâr am dd'wrnod i lan y môr am fod 'i frest fach e mor wan. Ro'dd y doctor yn gweud ma'r peth gore fedre fe ga'l yw digon o awyr y môr. Dyna hen beth cas yw brest fach wan on'te fe?"

Brysiodd Wil o'r siop. Taniodd sigarét ar y palmant. Aeth i mewn i'r tacsi. Caeodd y drws. Taniodd yr injan. Edrychodd i lygaid y cap melyn.

"Sorry mate. I only took two minutes."

Cododd ei ddau fys i arwyddo dwy funud, ac i ffwrdd ag e. Edmygodd Marged ei weithred.

"Ma' Seisneg da gyda chi, William Jones. Ewch chi ddim ymhell heb Saesneg heddi. Beth o'dd y dyn bach 'na eise? Pam o'dd e'n cario hambag ar 'i gefen?"

Ni chafodd ateb gan Wil. Neidiodd Tomos Dylan yn ei ôl, gan roi cic arall i drwyn Tomos.

Rhoddodd Wil ei lwyth i lawr ar y prom.

"Pryd ych chi am fynd 'nôl?"

"Tri o'r gloch," atebodd Tomos, wrth feddwl am yr oriau hir i fugeilio'r plentyn drygionus.

"Gwedwch hanner awr wedi pump," meddai Marged yn benderfynol wrth gynnig gwelliant.

Cyn i Wil ailgychwyn ei dacsi i fynd i'r maes parcio, gwelodd fod lle i barcio ar y prom. Gallai aros yno am awr neu ddwy, byddai hynny yn byrhau'r diwrnod iddo.

"Eise bwyd," cwynodd y bychan.

"Paid g'neud sylw ohono fe," meddai Marged wrth Tomos.

"Fi eise bwyd, fi eise tships,"

"Fe gei di fwyd ma's law," ceryddodd Tomos.

"Fi eise bwyd 'nawr," taerodd Tomos Dylan, gan gario'r dydd er i Tomos ei fwgwth o dan ei ddannedd.

"Fe gei di fynd adre fory nesa' â chic yn dy ben-ôl."

Aethant i mewn i'r Milkbar. Eisteddasant wrth y bwrdd. Cymerodd Tomos Dylan ddiddordeb yn y pâr potie lle rydych yn gwasgu botwm i gael yr halen neu'r pupur allan. Gwylltiodd Tomos.

"Gad hwnna'n llonydd neu fe gei di fynd adre. Be' sy'n bod arnat ti?"

Sylwodd y fenyw dew a eisteddai wrth y bwrdd nesaf atynt ar y ddrama:

"Ma' fe'n blentyn bach iach. Un o'r wyrion, ie fe?"

Tynnodd Marged facyn poced o'i hanbag cyn ateb.

"Nage. Chath Tomos a fi ddim plant. (Edrychodd Tomos yn euog.) Crwt bach Bilco, mab Sara Phebi a Morgan 'y nghender o Gwm Aberdâr. Rŷn ni wedi dod ag e i ga'l awyr y môr. Ma'i frest fach e yn wan."

Daeth y ferch atynt. Edrychodd Tomos ar ei ffrog fer. Syllodd Marged yn ffein i'w llygaid.

"Te a byns, plîs."

"Fi mo'yn bêc bîns."

"Ddown ni nôl ma's law i ga'l cin'o. Te a byns, plîs."

Aeth Tomos Dylan i sterics. Yr oedd yn benderfynol.

"Fi mo'yn bêc bîns. Fi mo'yn bêc bîns."

Ar ôl y te a'r byns a'r bêc bîns, aethant i lan y môr, a Wil yn ei dacsi ar y prom yn eu gwylio'n ofalus.

"Gofala di nad ei di'n agos i'r dŵr, rhag ofan y bydd y morfil yn dy lyncu di fel y llyncodd e Jona," siarsiodd Wncwl Tomos.

Nid oedd gan yr un bach ddiddordeb yn Jona na'r morfil. Yr oedd ef wedi bod ym Mhorthcawl ddegau o weithiau yn ystod ei oes fer. Ac i ffwrdd ag ef nerth ei draed i brofi môr Aberystwyth. Rhedodd Tomos ar ei ôl.

Tystia Wil Soffi mai baglu mewn gwymon a wnaeth Tomos, a syrthio ar ei fola i'r dŵr. Beth bynnag am hynny, yr oedd wedi gwlychu'n diferu o'i ben i'w draed. Nid oedd dim amdani ond mynd adre ar unwaith, ac er mwyn diogelwch eisteddodd Tomos Dylan yn dawel yn ymyl Anti Marged yn sêt y gwt. Ond mentrodd ofyn i Wncwl Tomos er mwyn ceisio gwneud ffrindiau ag ef:

"Pam o'dd Jona yn llyncu morfil, Wncwl Tomos?"

Chwyrnodd Tomos, heb ddweud yr un gair. Daeth gwên i wyneb Wil Soffi. Trannoeth anfonwyd neges ar y ffôn i Gwm Aberdâr i ddweud bod Tomos Dylan am fynd adre. Ni chafodd Tomos y niwmonia fel y proffwydodd, ond unwaith yn rhagor daeth heddwch i deyrnasu ar aelwyd Nant Gors Ddu.

* * *

TRIP I BIRMINGHAM

Yr oedd Tomos yn teimlo'n reit ddiflas wrth sbio ma's drwy ffenest y gegin yn Nant Gors Ddu. Ni fedrai weld dim ond niwl a glaw. Nid oedd diwedd ar y tywydd g'lyb. Rhoddodd gnoc i'r wetherglass. Jwmpodd y pìn i RAIN.

"Dere â chwpaned o de," meddai wrth Marged.

"Be' sy'n bod arnat ti, Tomos? Newydd ga'l te wyt ti. 'Nei di ddim ond codi yn y nos. Fe godest ti beder gwaith n'ith'wr."

"Do's gen i ddim byd i' 'neud ar y glyborwch 'ma. Ma' ifed te yn well na g'neud dim. Pam ma'n rhaid iddy' nhw droi'r cloc 'nôl, a 'myrryd ag amser y Brenin Mawr?"

Clywsant sŵn car yn dod at y tŷ. Brysiodd Marged at y ffenest a gwelodd Wil Soffi yn troi ei dacsi 'nôl o flaen y cartws.

"Tomos bach, ma' rhywun o'r perthnase wedi marw," meddai'n gyffrous wrth newid ei ffedog a chymhennu ei gwallt â'i llaw."

"Be' ti'n feddwl? Ond pam o'dd raid i ti ga'l cym'int o berthnase?"

"Fydde William Jones ddim yn dod lan oni bai fod ganddo fe newyddion drwg. Ma' fe fel deryn corff o fla'n angladd."

Clywodd sŵn traed Wil yn agosáu at y drws. Ym mhen rhai munudau byddai'n gwybod y gwaethaf. Eisteddodd ar y sgiw i dderbyn y newyddion drwg.

"Dowch miwn, William Jones," gwaeddodd, â rhyw dristwch yn ei llais.

Cerddodd Wil yn gartrefol trwy basej Nant Gors Ddu, a safodd yn wên o glust i glust yn ymyl y palis rhwng almanac y Cop a'r cwpwrdd bwyd. Yr oedd ei lygaid yn llawn direidi. Sut medrai'r dyn wenu cyn cyhoeddi galar a phrofedigaeth?

"'Steddwch, William Jones," gwahoddodd Marged, gan dynnu macyn o boced ei ffedog lân, yn barod i alaru.

Yn yr hanner tywyllwch ymbalfalodd Wil am y gadair, ac eisteddodd yn fflop ar y *Cambrian News* a'r *Goleuad*. Disgynnodd tawelwch llethol dros y gegin. Ni wyddai'r tri pa un ohonynt a ddylai lefaru'r gair cyntaf. Teimlodd Marged mai ei dyletswydd hi fel perthynas oedd holi.

"Gwedwch, William Jones. Pwy sy' wedi darfod?"

Taniodd Wil ei sigarét yn ddeheuig. Llwythodd Tomos ei bibell. Cododd Marged ei macyn at ei grudd. Gwnaeth yr ast felen ryw sŵn rhyfedd wrth freuddwydio o dan y bwrdd.

"Dim ond dod lan i ofyn i Tomos Williams os care fe ga'l trip fory. Rwy'n mynd i Birmingham i newid y tacsi, ac fe leciwn i ga'l cwmni."

Adfywiodd Marged. Stwffiodd y macyn i'w phoced a phrysurodd i baratoi te.

"Pryd byddwch chi'n dod 'nôl ych dau, er mwyn i fi 'neud swper yn barod i chi?"

"Fyddwn ni ddim yn dod 'nôl nos fory. Ma'r dydd mor fyr, ac fe fydd Tomos Williams a fi yn aros mewn hotel."

Cododd Marged ei breichiau mewn syndod a rhyfeddod.

"Glywest ti, Tomos? Fe fyddi di'n aros mewn hotel. Dyna posh fyddi di."

Yna, syrthiodd ei gwep, ac eisteddodd yn blwmp ar y sgiw.

"Be' sy'n bod 'nawr, Marged Williams?"

"Meddwl o'wn i, William Jones. Shwd ddillad fydd ar y gwely? Ma' Tomos ni wedi arfer â charthen a blancedi. Fe fydde cysgu mewn gwely â shîts neilon yn ddigon iddo fe ga'l pliwris, a niwmonia, waith ma'i frest fach e mor wan."

Fe'i sicrhawyd hi gan Wil fod gwres canolog ymhob 'stafell a gwrandawodd y ddau arno yn canmol hotel y Full Moon yn Birmingham. Syrthiodd gwep Marged eilwaith. Cofiodd am y broblem arall.

"Na, wir, William Jones, ma' Tomos ni yn gorfod codi yn y nos."

Edrychodd Tomos yn ffyrnig arni.

"Be' sy' arnat ti, fenyw? Fe a' i â bwced gyda fi. Fe alla'
i gwato fe o dan 'y nghôt wrth fynd lan i'r llofft. Welith
neb e."

Tynnodd Wil yn hir ar ei sigarét. Twmblodd deigryn o'i
lygad. Llefarodd Marged.

"Wyt ti, Tomos, ddim hanner cwarter call."

Trodd Tomos i ofyn i Wil Soffi:

"Odi Birmingham yn le mowr, William Jones?"

"Odi."

"Fwy na Tregaron?"

"Odi."

"Fwy na Llambed?"

"Llawer iawn mwy," pwysleisiodd Wil.

Poerodd Tomos i'r tân. Edrychai ymlaen at y trip, nes iddo gofio ei fod wedi gweld dafad wedi trigo ar lan y llyn yng Nghwm Elan.

"Odi'r te yn ffit i' ifed yn Birmingham, William Jones?"

"Odi. Pam ych chi'n gofyn?"

"Dim ond holi," atebodd Tomos.

Wedi i Wil fynd, torchodd Marged ei llewys i roi croch-aned o ddŵr ar y tân. Daeth â'r badell sinc o'r eil, a'i gosod ar y sach Spillers o flaen y tân.

"Be' sy'n mynd mla'n?" gofynnodd Tomos yn amheus.

"Ma'n rhaid rhoi bath i ti os wyt ti'n mynd i Birming-ham."

"Mis Ebrill ces i fath, a mis Tachwedd yw hi 'nawr. Wyt ti'n 'styried shwd dywydd yw hi? Alla i ddim mynd yn bor-cyn i'r badell 'na. Beth os daw Leisa Gors Fowr h'ibo?"

Rhoddodd Marged dri blocyn ychwanegol o dan y croch-an. Neidiodd y fflamau i fyny'r simnai.

"Rwyt ti Marged yn berwi digon o ddŵr i ladd mochyn ugen sgôr."

Stôcodd Marged y tanllwyth tân. Disgynnodd colsyn poeth ar drwyn yr ast. Dihangodd honno am ei bywyd.

"Ma'n rhaid i ti 'molchi a dyna ddiwedd ar y peth. Beth pe bydde'r fenyw fach 'na sy'n breim minister yn aros yn yr un hotel â ti?"

"Pwy wahanieth fydde hynny?"

"Y fi fydde'n ca'l y bai am dy gadw di mor frwnt."

"Shwd all hi w'bod?"

"Fe alle w'bod yn iawn, dim ond iddi hi sefyll ar dy bwys di."

"Tynna dy sgidie."

Safai Marged uwch ei ben â'r siswrn yn ei llaw. Edrych-odd Tomos ar yr arf bygythiol.

"Be' dda yw'r siswrn 'na?"

"I dorri gwinedd dy dra'd ti, rhag ofan y bydd shîts neil-on ar y gwely, a thithe'n sownd fel gwningen mewn rhwyd."

Plygodd Tomos i'r drefn. Mewn awr a hanner yr oedd yn ddigon glân i fynd i Birmingham.

Bore trannoeth gyda thoriad gwawr canodd cloch y cloc larwm o Wlwyrth i ddeffro Marged. Daliai Tomos i chwyrnu fel rhyw gorn gwlad wedi cael annwyd. Rhoddodd Marged ysgytiad arall i'r cysgadur oedd yn gwenu yn ei gwsg.

"Dere, Tomos, neu fe fydd William Jones wedi cyrraedd cyn iti godi. Ma' dy sane glân di wrth dra'd y gwely."

Cododd Tomos rhwng cwsg ac effro. Gallai glywed sŵn traed Marged yn mynd ffit-ffat ar lawr cerrig y gegin. Ymladdodd yntau i wisgo ei goler startsh, ond yn ei let'withdod, tasgodd y styden i'r tywyllwch wrth ei draed.

"Dere, Tomos. Ma' dy fara te di'n barod."

"Rwy' wedi colli'r styden. Dere lan i edrych a weli di hi."

"Rwyt ti Tomos fel babi," meddai Marged wrth ddringo'r star a'r gannwyll yn crynu yn ei llaw.

Aeth y ddau ar eu gliniau, â'u penolau yn yr awyr fel dau Arab mewn boreol weddi yn ymgrymu i gyfeiriad Meca.

"Dyma hi," gwaeddodd Marged mewn gorfoledd cyn codi'n drafferthus ar ei thraed, nes i'r gannwyll esgeulus ddeifio mwstas Tomos yn ddamweiniol. Gwylltiodd yntau wrth dynnu ei law dros ei weflau. Rhoddodd Marged y gannwyll ar y dressing-table.

"Gad i fi wisgo dy goler di."

Bu'r ymdrech yn hir. Pe bai rhywun yr adeg honno yn digwydd dangos ei ben uwchlaw'r star gallai dyngu ei fod yn gweld menyw yn ceisio llindagu dyn yn y llwydnos, ond cafwyd y styden i'w lle yn llwyddiannus. A disgynnodd y ddau yn ofalus i'r gegin.

Aeth Tomos at ei fara te fel ceffyl newynog yn brysio at ei fanjer. Edrychodd dros ei fasn i gyfeiriad y sgiw.

"Be' dda yw'r portmanto 'na?"

"I gario dy beijamas a dy slipers di. Gofala di dy fod ti yn 'u gwisgo nhw."

"Dwy' ddim yn mynd i gario'r clorwth 'na trw' Birmingham fel rhyw Jiw yn gwerthu botyme a phinne bach."

"Ma'n rhaid i ti. Fe fydd yn gas i ti gario dy beijamas a dy slipers yn dy bocedi fel tramp yn cario'i drugaredde."

Am hanner awr wedi naw cyrhaeddodd Wil Soffi, a llwythwyd Tomos a'r portmanto i'r tacsi. Gwthiodd Marged gildwrn i law Wil heb i Tomos ei gweld.

Ni fynnai Wil dderbyn dim, ond fe'i gorfodwyd. Estynnodd Marged botel fechan i Wil ar y slei. Sisialodd yn ei glust.

"Pils at y dŵr. Gofalwch chi fod Tomos ni yn llyncu dwy cyn mynd i'r gwely, a pheidiwch gad'el iddo fe ifed gormod o de heno. Ma'i beijamas a'i slipers e yn y portmanto. G'newch yn shŵr 'i fod e yn gwisgo'i beijamas, William Jones."

I ffwrdd â nhw. Safodd Marged wrth dalcen y cartws nes i'r tacsi ddiflannu i niwl y mynydd. Yna, llusgodd i'r tŷ yn hiraethus, gan gyfrif yr oriau hyd nos trannoeth.

Roedd Tomos wrth ei fodd. Cododd cymylau o fwg shag o'i bibell.

"Rych chi'n ddreifer da, William Jones."

Y tu draw i'r Drenewydd bu bron iddynt gael damwain, ac nid ar Wil yr oedd y bai. Yn sydyn rhedodd mochyn yn groes i'r ffordd, a'r ffarmwr yn ceisio cael y blaen arno. Breciodd Wil yn sydyn i arbed trychineb. Agorodd ffenest y tacsi i ddweud y drefn wrth y truan oedd yn chwys diferu, ond achubodd Tomos y blaen arno:

"Dwyt ti ddim yn ffit i gadw mochyn."

Ni ddeallodd y Sais yr un gair. Dim ond dweud "Sorry" a "Thank you, sir." Aeth Wil yn ei flaen. Daeth Tomos ato'i hun.

"Rych chi'n ddreifer da, William Jones. Yn y twlc ma' mochyn i fod, nid ma's. Ma'r Postol Paul yn gweud yn rhywle: Gochelwch foch." Ro'dd e'n iawn yn gweud hynny. Ma'n rhaid gen i, 'i fod e wedi ca'l lifft mewn car sha' Jeriwsalem 'na a fod mochyn wedi croesi'r hewl. Un fel'na yw mochyn, William Jones, yn enwedig os bydd e wedi gweld y gwynt. Ma' dafad ne' fuwch yn cadw'u hochor, ond am fochyn, ma' fe fel bat mewn traffic. Rhowch chi hewl iddo fe, ac fe fydd e yn Llynden cyn i chi ga'l amser i 'weud: Whît, Whît'."

Dyna le o'dd Birmingham. Safodd Wil wrth ddod i'r traffic leits. Croesodd dau Tsheinî yn hamddenol. Sylwodd Tomos yn fanwl arnynt.

"Wyddoch chi be', William Jones, roedden ni'n canu yn y Band o Hôp 'slawer dydd:

   'Draw draw yn China a thiroedd Japan
   Plant bach melynion sy'n byw.'
Wir i chi, William Jones, ma' nhw ffor' hyn erbyn heddi."

Symudodd Wil yn ei flaen yn hamddenol. Yr oedd gwên ar ei wyneb. Synnodd Tomos wrth weld y traffic leits yn gweithio mor hwylus.

"Fe ddyle goleuade fel hyn fod yn Nant Gors Ddu. Fe a'th Marged ni miwn yn blet i Ianto'r Post wrth fynd ma's i'r boudy bore ddo'. Fe wede ni fod y goleuade 'na yn bethe iwsffwl iawn."

Stopiodd Wil o flaen y Full Moon Hotel mor hunanfeddiannol â phe bai yn sefyll o flaen y Talbot yn Nhregaron. Cyn iddo gael cyfle i ddadlwytho yn iawn neidiodd y dyn mewn iwnifform las a'r capan aur i afaelyd ym mhortmanto Tomos, ond cyrhaeddodd Tomos o'i flaen i feddiannu ei eiddo:

"Welsoch chi hwnna, William Jones? Ma' nhw'n lladrata o fla'n ych trwyn chi."

"Ma' popeth yn iawn, Tomos Williams. Dyna'i waith e."

"Gwaith ne' b'ido: Ma' peijamas a slipers newydd yn y portmanto. Fedrwch chi ddim trysto neb heddi."

Dilynodd y ddau y lifrai glas at y ddesg. Edrychodd y ferch oedd wrth y cownter yn syn ar Tomos yn cofleidio'r

120

portmanto yn ei fynwes fel pe bai yn magu babi. Daeth gwas arall o rywle. Nid oedd Tomos yn hoffi golwg hwn chwaith.

"Can I carry your case, sir?"

"Be' ma' fe'n 'weud?" holodd Tomos.

"Ma' fe'n gofyn a gaiff e gario'r portmanto," eglurodd Wil.

"Gwedwch wrtho fe am brynu portmanto 'i hunan."

Ymwthiodd y tri i'r lifft.

"Dwy' i ddim am fynd i'r gwely 'nawr," protestiodd Tomos.

"Na, ma' fe'n dod i ddangos i ni ble byddwn ni yn cysgu heno."

"Here we are gentlemen. Rooms 79 and 80."

Sylwodd Tomos ar rif ei 'stafell.

"Jawch, William Jones, ma'n ddigon rhwydd cofio Number Sefnti Nein.

"Pam, Tomos Williams?"

"Nymber Sefnti Nein yn y llyfir hyme w:
      —Er dy fod yn uchder nefoedd
      Uwch cyrhaeddiad meddwl dyn.
—A rŷn ni lan fan hyn yn uchder nefoedd."

Yr oedd Tomos yn archwilio'r gwely erbyn hyn.

"Bachan, William Jones, beth yw ffrit fel hyn? Ma' fe fel gwely plentyn. Fe fydda' i fel yr ast felen yn cysgu yn 'i dou-ddwbwl."

Cerddodd yn ofalus at y ffenest. Yn y dyfnder islaw yr oedd y cerbydau yn ymddangos fel teganau, a dynion a gwragedd fel pryfed yn pasio'i gilydd ar y palmant.

"Fydd hi ddim yn saff i gysgu fan hyn, William Jones."

"Pam?"

"Beth pe bydde hwthwm o wynt yn dod? Rwy'n cofio Lilan Edwards yr Hafod yn ca'l 'i thowlu fel corcyn yn y storom, a ro'dd honno yn nes i'r ddeiar na'r hotel 'ma. Dowch adre, William Jones, dwy' i ddim am farw fan hyn ynghanol paganied."

I lawr y lifft wedyn, ac allan i'r ddinas. Aeth dyn du hei-
bio yn cludo placard. Darllenodd Tomos y geiriau mewn
Cymraeg perffaith.:

'THE END OF THE WORLD IS COMING.'

"Be' ma' fe'n 'weud, William Jones?"

"Dim ond gweud fod diwedd y byd yn dod."

"Dowch adre, William Jones. Beth os bydd diwedd y
byd yn dod, a Marged adre 'i hunan fach, a finne fan hyn
mewn gwlad bell."

"Ma' fe'n cario'r placard 'na ers blynydde," eglurodd
Wil.

"Bachan, William Jones, ddyle fe ddim rhyfygu fel 'na."

Yna, i'r garej i newid yr hen dacsi am un mwy diweddar.
Penderfynodd Wil adael Tomos yn y 'stafell fechan yn
ymyl yr offis tra byddai ef yn taro bargen, ac fe'i siarsiodd i
beidio â mynd o'r fan. Yr oedd yn dda ganddo gael eis-
tedd, a thaniodd ei bibell i enjoio a gwylio rhuthr y traffig
yn mynd heibio.

Ni sylwodd ar y cychwyn ar y fenyw a ddaeth i eistedd
yn ei ymyl. Deallodd o'r diwedd ei bod hi yn cymryd didd-
ordeb ynddo, a gwenodd arni. Gwenodd hithau arno
yntau. Torrodd Tomos y garw:

"Neis dei. Biwtiffwl wether in Birming-Ham."

"Yes, dear. You don't live here?"

"No, no. Ai cym ffrom Wêls, for a dei and a neit."

"Would you like to buy me a cup of coffee? There's a
nice little cafe down the road."

Gallai Tomos ddeall ei bod am goffi, er bod yn well
ganddo fe gwpaned o de. Fe'i dilynodd yn ufudd.

Bu Wil Soffi bron mynd yn wallgof pan ddychwelodd, a
chanfod bod Tomos ar goll. Hanner awr yn ddiweddarach
daeth o hyd iddo yn dod yn ei ôl â'r fenyw ddierth yn ei
hebrwng wrth ei fraich. Gwasgodd ei ddannedd yn dynn
wrth geisio rheoli ei dymer.

"Dowch, Tomos Williams. Fe awn ni 'nôl i'r Full Moon.
Fe fyddwch chi yn saff fan'no."

Trannoeth cafodd Marged yr hanes i gyd. Am y mochyn a groesodd yr hewl. Am y dyn du yn cyhoeddi diwedd y byd. Am y gwely pitw yn y Full Moon.

Dim gair am y fenyw a'i twyllodd i'r caffe, a'r danteithfwyd a brynodd iddi gyda'r cwpaned coffi. Ond mae'n anodd cofio enw fel 'Black Forest Gateau'.

Y noson honno yr oedd Tomos yn hapus o gael gorwedd rhwng y blancedi ar wely plu, er iddo ei chael yn anodd i gysgu. Gwelai'r fenyw a aeth ag ef i'r caffe yn llygadu'r danteithion. Mae'n rhaid fod eisiau bwyd arni, druan fach.

"Iw têc whot iw want and ai wil pei."

Rhoddodd Marged hergwd i'w ystlys â'i phenelin.

Trodd Tomos ei wyneb at y pared heb hidio mwyach am ddiwedd y byd. Yr oedd adre yng nghwmni Marged.